後宮の検屍女官6

小野はるか

角川文庫
23993

目次

主な登場人物

イラスト／夏目レモン

姫桃花（きとうか）

寝てばかりで出世欲や野心がないが、検屍となると覚醒する。桃李（とうり）という検屍官に変装して延明に協力している。現在は蒼（そう）皇子の侍女

孫延明（そんえんめい）

妖艶な微笑みで女官たちを魅了する美貌の宦官。皇后派に属する。後宮の要職である掖廷令（えきていれい）

点青（てんせい）
青い目の中宮宦官。皇后のお気に入りで延明の元同僚

華允（かいん）
延明の筆記係り兼雑用係りであった少年宦官。現在は掖廷署の官吏

公孫（こうそん）
延明の副官である中年の宦官

才里（さいり）
桃花の同僚の女官で友人。噂や色恋話が大好き

紅子（こうし）
桃花と才里の元同僚の姐さん女官。現在は田充依（でんじゅうい）の侍女

八兆（はっちょう）
老検屍官。桃李に興味を持っている

扁若（へんじゃく）
太医署の気位の高い少年宦官

蒼皇子（そうおうじ）
皇帝の寵妃であった亡き梅婕妤（ばいしょうよ）の息子。桃花と才里が仕える

田充依（でんじゅうい）
皇后の侍女だったが、懐妊したことで側室入りを果たした妃嬪

虞美人（ぐびじん）
凜々しさを持つ皇后派の妃嬪

蔡美人（さいびじん）
柔和な雰囲気の皇后派の妃嬪

第一章　厳冬

「死因が凍死だからって、字のままに〝凍って死ぬ〟わけじゃないんですよね。あたりまえですけど」

掖廷署の裏につくられた死体安置所にて、筵をかけられ安置された亡骸と、その名籍を照らし合わせながら、華允が言った。

冷たい地面にずらりとならべられているのは、すり切れた麻の衣に鞋をはいた婢女、そして薄汚れた深衣の下級女官らの遺体だ。いずれも凍死とされている。

延明は亡くなった彼女らの運び出しと埋葬に関する手配を確認しながら、「書いて字のごとくですよ」と答えた。

「凍って死ぬのではなく、凍えて死ぬのです。それに死んでもしばらくは体温があるのですから、そう簡単には凍らないでしょう」

じっさい延明は、いまのところカチカチに凍ったような死体をまだ目にしていない。硬いのは、せいぜい低温で脂が冷えたもの、あとは死後の硬直によるものだ。

なにせ、凍死体は発見が早い。

夜間、とくに気温が下がる未明ごろ、臥牀のうえにて亡くなることが多いためだ。

朝を迎えればすぐにだれかに発見され、掖廷へと報が入る。

今朝はそのしらせが一段と多く、朝餉をとる間もなく対応に追われていた。

「わかります」

手際よく仕事を進めながら、華允が言う。

「でも名称がまぎらわしいと思いませんか？　『凍死』じゃなくて『凍え死に』に変えたほうがあっているように思うんですけど」

「たしかにそうですが。……そんなことより華允、気分が悪くなってはいませんか？」

華允は仕事熱心な少年だが、死体があまり得意ではない。凄惨な死体をまえに悪心をもよおすこともめずらしくなかった。

ここにあるのは無残に傷ついた死体ではないが、なにしろ数が多い。こうしているいまも、死体を乗せた柩車がやってきていた。

しかし華允は「いえ」と答える。

「お気遣い要りません。あ、ほんとうですよ。強がりじゃないです。たぶん、言い方がちょっとあれですけど、凍死体はきれいですから」

そばで柩車の車輪の音が止まった。

「凍死体は血色がようござりまするゆえ、そのように感じるのでござりましょう」

そう言いながら姿を見せたのは、掖廷の老検屍官八兆だ。

垂れ下がったまぶたをしぱしぱと揺らしながら、延明に揖をとる。

「掖廷令、ただいま戻りましてござりまする」

「ご苦労でした。これで最後ですか？」

柩車を視線で指して問う。八兆は深くうなずいた。

八兆をはじめとする掖廷の検屍官には、柩車とともに後宮をまわって凍死案件の検屍、および死体の回収を命じてあった。

掖廷署が所有する柩車五台のうち四台がすでに戻っていたので、これで終わりだ。

「変死体はありませんでしたか」

「ござりませぬ。いずれもひどくやせ衰え、牀にて寒さをこらえる姿勢にて命絶えておりました。死後、他者が動かした形跡もなく、不審な傷痕もござりませぬ。死斑は芙蓉色を帯びておりますれば、凍死に間違いござりませぬものと判断いたしまする」

芙蓉色か、と思いながら、柩車から降ろされる死体を見やる。

さきほど華允が『凍死体はきれい』と言い、八兆が『凍死体は血色がよい』と言ったのは、その芙蓉色の顔色に由来する。もちろん外傷がないことも大前提だが、特筆すべきは、凍死体特有の血液の色だ。

凍死体の血液は、いずれも鮮やかな色合いをしている。

血液が沈下して現れる死斑はそれが顕著で、通常は赤褐色であるものが、芙蓉色と表現されるような色調となる。

　不審点がなければ死因を迷うべきところではない。

「しかし、多いですね」

　延明はつぶやき、ならべられた死体をまえに白い息をはく。

　やや途方に暮れる思いだった。これでは今朝だけで、一区につき最低三人は死んだことになる。

「この冬一番の厳しい冷えこみでござりましたゆえ、凍餓に衰弱していた者たちがどっと力尽きたのでござりましょう。昨晩など、この老骨もしびれるような寒さにござりました」

「おれ、爺(じい)も死ぬのかと思いました。明け方まで震えてたし、それが急に静かになったから」

　秋に正式な掖廷署の官吏(かんり)となった華允は、延明の小間使い用の房(へや)から官舎へとうつり、現在は八兆らと同房となっている。寒さを乗り切るために数人の宦官(かんがん)で寄り添うように寝て、暖を取りあっているらしい。

　八兆はしわがれた声で笑う。

「明け方になってやっと眠れたかと思えば、血相を変えた小僧っこに『死ぬな！』と叩(たた)き起こされてしまい申した。寝不足極まりなく、まさに有難迷惑にござりまする」

「う、うるさいなあ。おれだって爺のせいで眠れなかったんですよ、延明さま」

華允は耳を赤くして、軽く八兆をにらむようにする。延明のもとを離れて集団生活をするようになり、華允はここのところ周囲とずいぶん打ち解けた様子だ。とくに同房の八兆とは親しいようで、祖父と孫のようである。

延明がほほえましく見ているのが伝わったのか、華允はさらに耳を赤らめてから、ごまかすように視線をそらして作業にもどった。

その背を見つめながら八兆は、「早く春になりませぬと、寝不足では成長にも差し支えありましょうな」とつぶやく。

「ええ。それにうちの老骨にもぽっくり逝かれては困ります。さいきん食が細いようだと公孫が心配していましたよ」

食がすくないことも、凍死の要因のひとつとなる。しっかり流しこむよう伝えると、八兆は「御意に」と答えた。

延明としては八兆はもとより、掖廷からはひとりの凍死者も出したくないところである。しかし水ぬるむ季節まではあとひと月以上もあり、長い闘いとなるだろう。

下級の者たちにとって、冬とはただ過ぎるのを耐え忍ぶだけの苦しい季節だ。耐えきれなかったものはこうして命を落とす——延明は冷え冷えとした大地にならんだ死体の列を見やった。

「……しかし、参りました。葬る穴がそろそろ足りないとの連絡がきていたのですが」

大地も凍え、西の墓地では穴を掘るのに難儀しているのだという。引きとり手のあるような女官ならばまだよいが、婢女はどうしようもない。

気温が低いので簡単に腐ることはあるまいが、未埋葬の棺が積みあがるのはよいことではないだろう。いたずらに民心を脅かすことになる。延明としてはどうでもよいことだが、延明の主である太子はそれを望まない。

――とはいえ、民もそれどころではないのだろうが。

なにせ、この冬は例年に比べあまりにも寒い。

朝は水けを含んだ多くのものが凍りつき、日向に置いてもなかなか解けず、そのまま夜を迎えればいっそう固く凍りつく。

水抜きをしていなかった池はすでに厚く凍りつき、歩いて渡れるほどだという。これまでに無いことだった。

「孫掖廷令」

呼ばれ、ふり返る。

急ぎ足でかけてきた宦官に、延明はわずかに驚いた。これは帝の住まいの外、東宮にて太子に仕える宦官だ。

「孫掖廷令、太子殿下がお呼びです」

掖廷から呼び出された延明が向かったのは、内廷の正殿・承明殿の敷地である。

これまでは延明が帝の直属官であることなどに配慮して、路門で顔を合わせていたが、この日は太子側に内廷にて滞在する用があったとのことで、承明殿に隣接する二の殿での拝謁となった。禁中である。

ゆったりとした楽の音が青空にひびくなか、二の殿のまえに立つ。見知った顔の宦官が、堂内に延明の到着を告げた。

入れ、と返答があって、絹張りの折れ戸が開かれる。なかに溜めこまれていた暖気が流れ出てきて、それに逆らうように延明は小走りで進み入った。

堂内には厚く敷物が敷かれ、正面に座がしつらえられている。平座しているのは、この大光帝国の皇太子・劉盤である。

「我が君。孫延明がごあいさつ申しあげます」

「楽にせよ」

太子はそう言うと、延明が面を上げるや否や人払いを命じる。

側仕えの者たちが退場し、ふたたび戸がしっかりと閉じられると、太子は延明に座すように言い、ひとつの巻子を取り出した。

「董氏から預かってきた」

　延明は平静を装うのに苦労した。

　ひと月ほどまえ、河西の名士・董氏には、ある調べものを依頼していた。これはその返事であるのか。

「……まさか、我が君がお運びくださるとは思っておりませんでした。ご多忙のおり、深く感謝を申しあげます」

「なに。ちょうど機会があったゆえ。いま中常侍は余を警戒し、おまえを警戒している。中を検分されずに文書を内廷に持ちこむは、黒銭だけでは難しかろう」

「ええ、ですが……」

「感謝を述べたわりに表情はいまひとつだな」

「私事でございますので」

　それを太子に運んでもらったとあっては、恐縮どころの話ではない。渡された巻子を延明は押し戴いた。

「よい。むしろ遅くなったことを詫びねばならぬ。これまでも機はあったが、耳目がありすぎた。なにせ歳首だ」

　歳首、すなわち正月だ。

　宮廷の正月は元旦から朝賀の儀礼にはじまり、祭祀に賀宴にとあわただしい。

　太子も文武百官を率いて帝にことほぎをあげるほか、東宮にてみずからも群臣のあいさつをうける東宮朝賀の儀礼がある。祭祀も宴も太子をぬきにしてはおこなわれず、それらが済んでも、今度は百官に含まれない儒者や名士の謁賀が列をなす。たしかに延明とふたりで会うようないとまもなかったことだろう。

元日から十日が過ぎ、ようやく落ち着いた頃あいを見計らって、こうして時間をとってくれたようだ。

「詫びなど滅相もないことです。もとより急ぎのものではございません」

「太傅の仇を討つようだときいた」

太子は教育係であった延明の父を、いまだに太傅と呼ぶことがある。

延明は苦く笑った。

「とんでもないこと。董氏がそのように？」

巻子には封泥がほどこされ、開封された様子はない。内容を漏らしたとすれば董氏だが、太子が相手では責めようがないだろう。

太子はやはり、「ああ」とこれを肯定した。

「孫家を陥れたあの事件について、とある関係者の一族を調べるよう頼まれたときいた。それに利伯、さきの帰郷の際も、仇討ちのために記したと思われる記録を持ち帰っていたな」

「それは事実ですが、誤解です。あの記録も家人が記したもので、捨てるに忍びないと持ち帰っただけのことです」

「ではなんのために調べている？　ある関係者とはだれだ？」

董氏は詳細までは語らなかったらしい。

意外に思いながら、面倒だなと心の中でひとりごつ。

どこまで話せば納得して引き下がってくれるものか、かえって判断に迷うところだ。

これは姫桃花に関係する事柄なので、深入りされても困る。

「……ほんとうに、なんでもないのです」

延明は弱ったような微苦笑をつくりあげた。こういう仮面は得意だ。

「私の手もとの検屍官が、北に名の知れた検屍官がいるというので名を尋ねたところ、どうも聞き覚えがある姓であったので。――羊角、と」

「羊角」太子の目が鋭く光る。

当時、延明の祖父が陥れられた冤罪を解決し、関係諸官の処刑にも関わった太子にとっても、これは忘れがたき姓であるらしい。

「検屍官の羊角莽か？」

「いえ、私が耳にしたのは羊角慈と。しかし姓がおなじですので同族かと思い、調べを頼みました。重ねて申しますが仇討ち目的ではありません。興味本位と、あとは優秀であるという羊角慈がもし存命なのであれば、招いて検屍の講義を願おうかと。後者が本命ですが」

羊角慈がすでに鬼籍の人であることは知っているので、もちろんいつわりである。

桃花の亡き祖父の名が、慈。

延明の一族への冤罪にたずさわった検屍官の名が、莽。

羊角は珍しい姓であるし、同族どころかかなり近しい関係だろうと予想がついた。

たしか桃花の話によれば、彼女の父は清廉であった祖父とは真逆の検屍官であったという。ついには、目のうえのたんこぶであった祖父を殺し、金銭めあてに桃花を売り払ったというような話であった。

そのような人物であれば、報酬と引き換えにいつわりの検屍をおこなうことになんら躊躇ないだろう。おそらく莽が桃花の父なのだ。——延明はただそれを確認したくて、河西の名士・董氏を頼った。

もちろん桃花の名は伏せ、莽についてを調べるように頼んだものだ。

「……検屍の講義か、おまえらしいが」

延明が検屍術にこだわっていることを知っている太子は、おおかた納得したようすを見せ、しかし、わずかに小首をかしげた。

「だがいくら名検屍官といえど、仇の一族に教えを乞うのは抵抗があるのではないか？」

「そのときは、仇討ちを決行するやもしれません」

「利伯」

太子があわてたように腰を浮かせるので、延明は笑んだ。

「そのような顔をなさらないでください。冗談です。いまの私に仇討ちを決行するような孝の精神など残ってはおりませんし、仇の一族といえども本人ではありません」

「だが、『百世と雖も可なり』ともいう」

たとえ百代先の子孫となっても復讐の義務はなくならない、という考え方だ。過激な例を出して延明を試しているのだろう。

「我が君。私にもし、まだ親を想う孝の精神があるとするなら、それこそ検屍術にかけるこの思いにほかなりません。『無冤術』と、それをあつかう正しい制度がこの国に行き渡れば、いつわりの検屍によって利益を得る者もいなくなるでしょう。第二、第三の羊角莽を根絶やしにすることができます。これ以上の復讐はありません」

太子はなおも反駁しようとしたが、延明はそれを遮るように首を横にふった。

外から来客応対の声がきこえる。禁門内で太子を訪ねてくるのだから、宗室（皇族）のだれかだろう。宦官ごときがいつまでも居座るわけにはいかない。それをすれば延明の立場が悪くなることも、賢明な太子であれば理解しているだろう。

延明は丁重に御前を辞した。

よく暖められた殿舎を出ると、外気の冷たさが身にしみる。

白い息をはきながらの帰路、延明はこらえきれず、周囲の人影をよく確認してから足を止めた。

墻垣に身を寄せ、抱えていた巻子の封泥をはがす。

指がかじかんでいるのか、緊張からか、うまく掛け紐がほどけない。もどかしい思いでようやく開き、木簡に目を走らせる。

――……やはり。

延明の祖父を陥れた検屍官・羊角莽、その父の名は羊角慈、とあった。

予期していたとおり、延明の仇は桃花の父だ。

瞑目して、息をはく。

このようなことを調べて、はたして自分はどうするつもりだったのか。

否定をしてもらいたかったのか、それとも確信をしたかったのか。確信して、どうするつもりだったのか。自分でもわからない。

ただおのれでも心の内が理解できないまま衝動的に依頼し、董氏からの連絡を一日千秋の思いで待ち望んでいた。

延明は、のどに貼りつくような冷たい空気を深く吸い、ゆっくりと吐き出す。

竹藪(たけやぶ)のようにざわめいていた感情が落ち着いて、延明はふたたび文書のつづきを目で追った。

――莽には正妻がひとり。娘がひとり。

娘の名は、やはり桃花だ。

しかも記録上は死んだことになっていて、あきれるやら苛立(いらだ)つやらだ。

董氏の調べによれば、桃花の祖父・慈は六年前――いや、もう年が明けたのだから七年前というべきか――に卒中死。桃花によると殺しであったそうだが、記録上はこのようになっている。

慈の死去後、桃花は事故死したことになっており、父・莽は妻と離縁。直後、京師(みやこ)に転籍したようである。孫(そん)家の冤罪(えんざい)にたずさわったのは、その翌年のことだ。所詮(しょせん)、金目当てであったのだろう。父親を殺すという悪逆の罪を犯し、娘を金に換え、さらに懐を肥やさんといつわりの検屍をおこなった――。

そう理解すると、肚(はら)の底でしずかに怒りが燃えた。ともすれば、一気に炎が噴き出しそうな感情だ。

金に目がくらんだ検屍官のせいで、一族は死に絶え、延明は性を切り取られて家畜となり果てた。もしいま目のまえに仇が立っていたなら、ためらうことなく仇討ちを決行しただろう。

――だが、莽（もう）はすでに処刑され、この世にいない。

さきほど太子に対して説いたように、延明（えんめい）はこの怒りを、屈辱を、『無冤術（むえんじゅつ）』をひろめることで晴らすしかないのだ。

延明はひろげた冊書（さっしょ）を巻き、ふたたび掖廷（えきてい）へと歩き出した。

なぜかいま、とにかく桃花（とうか）に会いたい気分だった。

桃花に会い、あの眠そうな顔を見ながら温かい料理を食べ、とりとめのない話がしたい。

ふっと口もとがほころびかけて、歪（ゆが）む。

会いたいのと同時に、会うのが怖いとも、思う。

桃花は仇（あだ）の娘だ。確証を得てしまった。

子、讎（あだ）に報いざれば子に非（あら）ず。親の仇を討たぬはひとにあらずという。

もはや延明は性を切り取られ、ひとではないのだから仇を討たずともよい――そのような屁理屈（へりくつ）すら頭をよぎるのに、生まれてより刷りこまれた孝の精神がうしろ髪を引こうとする。

――もし会って、桃花さんを見る目が変わっていたら……。

そのようなことはない。ぜったいに起きるはずがない。

わかっているのに、確認するのが恐ろしい。

「……ここは」

ふと気がつけば、中宮門のまえに立っていた。桃花が働く孺子堂は、この中にある。ぼう然として、巨大なる扁額を見上げた。

さらに首をもたげて空を見上げれば、晴れているにもかかわらず、はらり、はらりと小さな雪片が舞い降りてくるのが見えた。近くの山から流れてくるのだろう。

そのひとつを手のひらにうけると、冷たさを感じる間もなく、またたきのあいだに溶けて水となった。

＊＊＊

「雪だわ」

折れ戸を閉めようとしていた才里が言って、その手を止めた。

桃花は驚き、雑巾を手に顔をあげて絶望する。掃除のあいだ全面的に建具が開け放たれていた孺子堂からは、屋外がそのまま望めた。たしかに、はらはらとまばらに舞う雪が見える。

「なんてこと……最悪ですわ」

京師の冬は非常に寒いが乾燥しており、降雪は珍しい。ひと冬に二日ほど舞えばよいほうである。珍しいゆえに歓迎する者もいるが、寒いのが苦手な桃花は地獄を見た気分だった。雪なんて大きらいだ。

「わたくし、どうして温暖な南の州に生まれなかったのでしょう……？　年中輝く真っ赤な太陽とお友だちになりたい人生でしたわ」

「太陽なんて日焼けするもの、あたしはいやよ。それより今晩の沐浴、要注意だわ。殿下はぬるい湯をいやがるから」

大光帝国では元日にだれもが等しくひとつ歳をとる。御年十歳になった蒼皇子は、頑固な沐浴ぎらいである。

あまりにいやがるときは無理をさせないのが才里だが、正月はそうもいかない。諸侯王が来賀し、蒼皇子もなにかと顔を出さなくてはならないからだ。

とはいえ、皇子はそもそも宴自体も出席をいやがる。当然ながら、大罪人梅氏の娘が産んだ子として見られるからだろう。諸卿、諸大夫とはちがい、宗室は遠慮がない。軽蔑の視線や憐れみの視線でなめまわされるのは、たしかに快いものではないだろう。

「お風邪を召しても困りますし、清拭だけでもよいのではありませんか？」

「うーん、そうねえ。迷うところだわ。でもきょうはさすがに御髪を解いて流さないと。宗室のみなさまに侮られないためにも、品位を保てるだけの清潔感は必要だわ」

あんたもね、と才里がつけ足すので、桃花は眉を八の字にした。

「わたくしでしたら、いま人生でもっとも清潔に保たれていると思うのですけれども」

なんと毎日髪をくしけずり、五日ごとに湯で流しているのだ。蒼皇子の沐浴のお下がりをもらえるので、冷たい思いもしていない。髪のさきだけを濡らしてごまかそうとしても、才里が目ざとく見抜くので横着もできないでいる。快挙だ。

「あんたねえ」

「あ、わたくしちょっと外へ。殿下が勉学からおもどりになるまえに、炭と、沐浴のための香を準備してきますわ」

蒼皇子は勉学のために移動していったばかりなのだが、正直、いつもどってきてしまうかわからないのが現状だ。準備は済ませておくに越したことはない。

「あ、それならあたしもいく。炭を多めに出しておきたいわ。ふたりでいっぺんに運んじゃいましょ」

梅婕妤の昭陽殿にいたころは、荷運びなどは殿舎に踏み入ることのできない下級の女官に声をかけるだけで済んだが、ここ孺子堂ではそうもいかない。蒼皇子が女官の削減を望んだためだ。侍女といえどもみずから労を割く必要があった。

ちなみにこれは単なる皇子のわがままではないようで、女官削減と同時に皇子が要望したのが『宦官の従者をつけること』だった。それも中宮からではなく、宦者署からの人員を希望している。

現在、宦官に関しては協議中とのことだが、蒼皇子を取りこもうとする魚中常侍によってなにか吹きこまれたものとみて間違いない。中常侍の息がかかった者をそばに置かせようとしているのだろう。

そうこうあって、人員が足りない状況なのだ。雪がまばらに舞うなか、ふたりで外に出た。

孺子堂は皇后が暮らす中宮の敷地内、東側に位置する。

かつて許皇后の子・劉盤が立太子されるまで暮らしていた居であり、中宮の広大な院子に西面して建つ。屋根を支える斗栱など、いたるところに五色の瑞雲が飛ぶ意匠はあざやかで、冬枯れとは無縁の華やかさだ。

孺子堂それ自体をとりかこむ墻壁や門はなく、堂を出るとつねに右手には圧倒的な規模を誇る中宮正殿・椒房殿が壮麗に聳え立つ。

椒房殿は、天子階を備えた高い基壇の上にずしりと構えられた殿舎で、天に向かって反りあがるような重層寄棟屋根を持つ。それを支えるのは丹塗りの柱、そして柱と柱の間に渡された虹梁には、迫力精巧な黄金龍が、極彩色の霊芝雲を伴って巻きついている。

足元は基壇にも、天は屋根にも、大きく翼を広げた鳳凰の像が舞う圧巻の意匠だ。あまりに荘厳で、桃花はすこし落ち着かないなと思う。正直なところ、狭くてちょっと汚くて薄暗いくらいの空間のほうが心地がよい。

桃花はなるべく椒房殿を視界に入れないように歩いたが、才里は周囲を観察しながら堂々と歩く。

途中、才里がなにかに気づいたように眉をひそめた。

「あれって……」

視線を追うと、そのさきには中宮をひっそりと出ていく荷車があった。

荷台には筵がかぶされているが、なにを運んでいるのかは明白だ。筵から鞋をはいた足先がはみ出しているのが見える。死体だ。

荷車と言っても、あれは死体を運び出すための柩車なのだ。

やだわ、と才里が嘆いた。

「ことしはほんと多いわね。中宮でも出るんだから、ひどいものだわ」

出る、とは凍死や衰弱死のことだ。

冬に下級宦官や奴婢など、賤しい身分の労働者が命を失うことはけっしてめずらしいことではない。つねに飢えているので抵抗力が弱く、暖房もなく寝具に乏しい彼らにとって、冬越しは命がけの試練なのだ。年をとった者、体に不調を抱えたもの、まだ成長途中の子どもからぽろぽろと欠けていく。若く壮健であっても、ふとした拍子に衣を濡らしてしまえば、着替えなどもなく、そのまま死に直結する。

しかも、ことしは例年に増して厳冬である。

「織室（しょくしつ）のみなさん、どうしてるでしょう」

ふとそんなことを思い、ぽつりとつぶやいた。

連絡係だった冰暉（ひょうき）などは、延明（えんめい）の保護があるから心配にはおよばないだろう。女官らも冬越しの準備をしっかりしていたし、夜間はたがいの体温で温めあってなんとか乗り切ろうとしているはずだ。

だが過酷なのは、糸を染める染房に従事する宦官（かんがん）らである。冬は紅染めに適した季節で、その工程では水を多く使用する。凍えるほどの冷たさの水だ。作業の従事者が多く命を落とすことは想像に難くない。

「……そうね。心配よね。でもまあ、すくなくとも亮（りょう）は元気だわ。あいつみたいな憎まれ者ってしぶといもの。真綿（まわた）もずいぶん貯めていたし、あたしたちから巻き上げた米だってあるし」

才里（さいり）は「むしろ死んだら遺体のまえで『はあ?』って言ってやるわ」と息巻く。

「あとはね、きりがないから、知った顔ひとりひとりを考えることはしないのよ。前を向けることだけ想像するの。とくにほら、紅子（こうし）なんて田充依（でんじゅうい）の侍女よ? むしろあたしたちよりもいい生活してるかもしれないわ」

「たしかにそうですわ」

才里の潑剌とした笑顔につられて、桃花も笑む。

田充依は田が姓、充依が側室としての階級をあらわす。名を寧寧といい、皇后の侍女だった若い娘だが、懐妊したことにより側室入りを果たした。

出産をひかえたいま、周囲で死人を出して穢れを得るわけにはいかないだろうし、貴い女性には、年始に襪や内衣など、旧年の衣類を侍女たちに下げ渡す習わしがある。紅子もきっといまごろいいものを着て、栄養ある食事がとれていることだろう。友人の心配をしなくて済むというのは、後宮においてとても恵まれたことだ。なんだかすこし元気が湧いた気がした。

炭などを貯蔵する倉へと着くと、かじかむ指先をさすりさすり、菰に包まれた炭を四梱包、外に運び出す。石炭が一梱、木炭が三梱だ。石炭は焚きつけに難儀するが非常に高温で長時間燃えるので、屋内の暖房として重宝する。ただし消火や火力の調節が困難であるため、臥室や沐浴をおこなうための温室では木炭を使用するなど、用途によって使い分けていた。

大あくびをしつつ、さてこれを担いで戻ろうかというときだ。

「よう」と軽い調子のあいさつで、ひとりの宦官がやってきた。青い目の中宮宦官、点青だ。

「大長秋丞、あたしたちになにか御用ですか……？」

　才里がやや警戒した様子で問う。

　かつては「青い目の宦官も素敵」などと言っていたはずの才里だが、いざ頻繁に顔を合わせるようになると、すっかりこの状態である。

　どうにもそりが合わず、とくに蒼皇子に対する態度がゆるせないらしい。厄介者をあつかうかのようで、敬意が感じられないとのことだ。点青が帰ったあとは「あの顔だけ宦官！」と、ぷりぷり怒っていることもしばしばある。

　点青は問いに答えるでもなく、「ほらよ」となにかを桃花に向かって投げてよこした。半分ウトウトとしていた桃花が受けとれるはずもなく、あくびで潤んだ視線のさきで、ぽて、と地面に落ちる。才里が眉をつりあげた。

「この包み、太医署の印がついていますが、もしや殿下への品ですか？　投げてよこすなんて、無礼にもほどがあります」

「いや……まさかこの距離で落とすとは思わなかった。悪い」

　点青は、ばつが悪そうに頭をかく。

「で、これはなんですか？」

　桃花よりさきに手早くひろい、才里が尋ねる。

「ああ、そりゃ扁若から。蒼皇子の沐浴のとき、湯に入れて使えだとさ」

「扁若……って、あの太医よね？」

こそりと問われたのでうなずくと、才里はさらに警戒を深めた顔をする。桃花の房(へや)をとつぜん燻蒸(くんじょう)したり、謎の札を貼りまくったりした奇行のせいで、才里のなかではすでに変人として認定されているらしい。

「あの……才里、扁若さまは太医薬丞(やくじょう)、宮廷一の薬の統括官ですから、これを使えばきっとすばらしい薬湯になるかと」

「わかってるわよ」

でもなんか心配、と顔に書いてある。

扁若の名誉は回復してあげたいが、奇行の原因となった中常侍(ちゅうじょうじ)のことを才里に話すわけにもいかず、いかんともしがたい。

「それで、大長秋丞(だいちょうしゅうじょう)、ほかにもなにかご用件が？」

包みを渡してそれで終(しま)いかと思ったが、点青はきょろきょろと周囲を見回している。

点青はいくらか迷うようにしたあと、「あいつきてないか？」と桃花に問うた。

「ほらえっと、利伯(りはく)」

「いらしていませんけれども」

利伯は延明(えんめい)が宦官となるまえの名だ。才里がいるので、いちおう配慮したらしい。

点青は「おかしいな」と腕を組む。

「ちょっとまえに中宮門(ちゅうぐうもん)のあたりで見たんだが。娘娘(ニャンニャン)のところに顔も出してないし、ここにもきてないなら、いったいなんだったんだ？」

「人違いだったのではありませんか？」

「あんな狐狸妖怪顔だれが見間違えるか」

「狐狸妖怪ではなく、狐精では？」

点青は「おんなじだろ」と言い、しばらくきょろきょろとしていたが、あきらめたのか飽きたのか、帰って行った。

才里は利伯とはだれかということには一切触れず、「さあ、さっさとこれ運んじゃいましょ」と菰を持ち上げて両脇に抱えこむ。

桃花も勝手に閉じてくる目をなんとか押し上げつつ、あきらめつつ、おなじように荷を抱えて、わずかに中宮門を見やった。

——延明さま……。

そういえば、しばらく会っていない。彼が訪れなくなって、もうひと月ほど経つのではないか。

なにかと忙しいひとだから、歳末歳始でいとまもなかったのだろうとは思う。

だが今夜はきっとくる、と桃花は予想した。

先月、雪見酒がどうこうという話をした。延明のことだからこの機を逃さず、温かな酒をもって訪れることだろう。なにせ京師での降雪日は多くない。

きたらきっと疲労の溜まった顔をしているだろうから、しっかりと人銜を食べさせなくては。

「あらなに？」さきを歩いていた才里がふり返って言う。「もう夢でも見たの？　ほこほこした顔して。ほんと器用ね」

「ほこほことは……？」

焼き栗のような表現をされてもわからない。が、焼き栗は好きだ。

そういえば人銜だけでなく、やつれてしまった延明が順調に回復するように、食事もしっかり監視しなければならない。

謎の使命感を胸に夜を待ったが、この日、延明は訪れなかった。

＊＊＊

厳冬対策として、皇后が中宮に所蔵する麻を後宮女官に下賜なさる。

内密にもたらされた事前情報に、掖廷署はさらなる慌ただしさに包まれた。

ただのしらせならば、他人事だ。宦官はその下賜の対象に含まれないのだから、ただ女官を羨み、さすが徳高き国母だと皇后をほめたたえていればいい。

だが報には、用立てできる麻布の総量が記されており、足りない場合であっても市場から買いつけることはしないという追記があった。これは価格高騰を避け、民の生活を圧迫しないようにとの配慮からではあるが、このままだと数千人規模の女官に行き渡るには圧倒的に足りないことはまちがいない。

つまるところ、どの階級のどの女官にどれだけの長さの布を配るかは、後宮を管理する掖廷にて計算せよということだ。事前情報という名を冠した調整命令である。

「掖廷令……掖廷令？」

やや大きめの声で副官に呼ばれ、延明ははっと顔をあげた。

副官の公孫が心配そうにこちらをうかがっている。四十がらみで渋い顔貌をした彼には、そういった表情がとてもよく似合うなと思う。

「お疲れですか？」

「いえ、なんでもありません」

ほんのわずかな間だが、ぼうっとしていたらしい。涼やかな顔をつくろった。

「——これは凍え死ぬものがないようにとのご厚情なのですから、衣食のままならない最下級の女官らに行き渡り、なおかつ防寒として役立たねば意味がありません。女官らの反発はあるでしょうが、まず家人子の階級にある女官らから順に割り当てていきましょう。ひとり五丈からの試算をするよう計吏に伝えてください」

「承知しました。ただ計吏からは、いまは女官の月俸に関する計算もあり、なんとか人員を融通してほしいとの要望が」

「人員ですか」

頭の痛いことだ。宦官の識字率は低く、算術まで使えるものは限られている。

「……わかりました。中宮に応援を要請します」

それまで下賜の件を最優先で進めておくよう伝えると、公孫は折り目正しく礼を取って下がっていった。

なお、このご厚情の対象はあくまでも女官であって、おなじ女であっても官婢は含まれない。奴婢とは几や筆などと等しく財産であるので、守るのではなく、減ったぶん補充をするものなのだ。宦官も同様である。

延明は官婢の補充にかかわる指示を出しながら、これも頭が痛いな、と思った。奴婢の補充はいくらでもきくが、勤め先が後宮とあってはさすがに人選が必要である。この人選をおこなうのも掖廷で、こういった些細な事務が仕事量を大幅に増加させている。

「――急報、急報！」

掖廷署の外からひびいた声に、詰めていた官吏らが一斉に戸口を向いた。

入れと命じると、まもなく息を切らした掖廷官が几の前まで進み入る。後宮の二区へ柩車を牽いて向かったうちのひとりだった。

「なにごとです」

「二区、大長公主がおすまいの安処殿にて、太医署医官のせわしい出入りがございます」

「！」

延明は目もとを険しくした。

『公主』とは帝の娘、『長公主』とは帝の姉妹、そして『大長公主』とは帝のおばにあたえられる号である。

現在、降嫁することなく後宮にとどまっている大長公主は、帝の伯母である珍嶺大長公主ただひとりだ。

――ついに体調を崩されたか。

齢は六十五を数え、ずいぶん弱ってきていることは把握していたが、冬のこの寒さがこたえたか。

たしか日々の養生のために医官が三名常駐していたはずだが、せわしい出入りがあるということは、その三名では対処できないほどの急変であるのだろう。

「わかりました。病状確認のため、安処殿に二名を配置します。だれか、足に自信ある者は――」

「あの！」

二区から急報を運んできた官が、さえぎった。

「それが……すでに薨去されたようだとの話もあり……」

「なんですって」

思わず膝立ちになる。薨去。亡くなったというのか。

——年齢を考えれば無理もないが……。

「わかりました。よく報告をあげてくれましたね」

部下をねぎらい、もとの仕事にもどらせてから、延明は深く息をついた。

後宮にて誕生した女子は公主と号し、十五の成人儀式——笄礼を迎えれば通常、すみやかに降嫁させられるものである。

降嫁後は十王府にすまいをうつし、後宮に出戻ることはない。

病などの事情があって降嫁できない公主であっても、後宮にいつまでものこることはなく、皇太后につかえるという名目のもと、『東朝』へと移される。例外は幼帝の扶育にかかわっている場合などであるが、これも幼帝の成長によってお役御免となるため、後宮にとどまりつづけることは不可能である。

よって、主が三度替わった後宮にとどまりつづけている珍嶺大長公主は、異例中の異例と言えるだろう。

それもこれも、大長公主は大きな手札を有していたからなのだが……。

延明は、はたと顔をあげて立ち上がった。

——手札。その管理はいま、だれがおこなっている？

どさくさに紛れて盗まれないとも限らない。

「しばらく席を外します」

外へと出ようとすると、ちょうど戸口にいた華允が「二区へ？」と訊いてくる。

「検屍ですか？　それならおれも……」

「ちがいますよ。こちらに要請は来ていませんし、医官が出入りしているという話ですから、病あるいは衰弱によるものなのでしょう」

死体が出ればなんでもかんでも検屍をするわけではない。

別件だと言って院子に出たところで、客が門をくぐってくるのが見えた。

「延明さま、あれ」

華允も気がついて、緊張した表情で延明を見る。

来客は青緑色の宦官袍に、白い前掛けをつけていた。太医署の医官だ。

「葬儀礼の準備をしろという伝達ですかね……」

「それならばもっと下位のものをよこすでしょう。どうやら前言を撤回せねばならないようです」

歩いてくるのは見知った医官——太医薬丞の扁若だった。秩石にして三百石の中級宦官で、ただの使いに走る階級ではなく、そういう人物でもない。

つまり、検屍の依頼だろう。

だったらなぜもっと早い段階で連絡をよこさないのか、という苛立ちにも似た疑問を抱えつつ、こちらからも迎えに出た。

院子の中央で顔をあわせると、扁若は「安処殿から迎えにまかり越しました、太医薬丞の扁若です」と揖礼をとる。相変わらず気位の高さが表情と態度からひたすら見てとれる少年だ。

「これはわざわざどうも」と、延明は貼りつけた『妖狐の微笑み』で応じる。「して、用件は検屍の依頼でよいですか？　大長公主の」

「掖廷も薨去をご存じでしたか」

「ええ。しかし検屍が必要となるような不審死であったのならば、今後は亡くなったことが確認できた時点で迅速なる報をもらえると助かります」

医官のせわしい出入りがあったということは、さまざまな救命や反魂措置が試されたということだ。死体を動かし、幾人もが死体の周囲を行き来して踏み荒らせば、わかるものもわからなくなってしまう。

しかし扁若はつんと澄まして言う。

「僕らは僕らの仕事をしたまでのこと。死体をしらべるのは僕らの職責ではありませんし、そちらの事情は僕らには関係がありません」

「しかし不審死であったのでしょう」

病死など、死因に不審な点がなければ、検屍など通常おこなわれないものだ。

扁若はかぶりをふった。

「いえ。太医署の判断は『衰弱死』。不審死ではありません」

「不審死ではないのに検屍をおこないたいと？」

「僕は死因はべつにあると踏んでいます」

扁若の言葉に、華允が怪訝そうな表情を浮かべて「理由は？」と尋ねる。

しかし扁若は鼻であしらった。

「理由なんてなにを悠長な。はやく安処殿に老猫をよこしてくれないと、『皇后派の要人』が衰弱死として片づけられてしまうけれど？」

皇后派の要人、と華允が口の中でくり返す。たしかにそれは事実だ。

「わかりました」

延明は承諾した。

太医署としては『衰弱死』という結論を下しており、異論を抱いているのは扁若ひとりのようである。であれば、たしかに悠長なことはしていられない。

亡くなったのは大長公主であり、梅婕妤のときのように帝が潔斎中であればまだ猶予があるが、このままではすみやかに葬儀礼の準備が整えられてしまうだろう。

「しかし、老猫の手配はできますがすぐは無理です」

扁若は小さく舌打ちをした。

「じゃあ、あれのつぎに優秀な死体係りをよこしてください」

「言われるまでもありません。検屍官は八兆(はっちょう)を手配しましょう」

もとより、安処殿には用があったのだ。

それにしても、と思う。いまこのときに皇后派の一角が亡くなるとは。それも、死には不審点があるようではないか。

延明は、なにかいやな予感めいたものを感じざるを得なかった。


延明は華允をともない、その足で掖廷(えきてい)を発(た)った。

八兆は現在、後宮一区にて凍死者の回収をおこなっているので、途中で合流できるようつかいを走らせる。

「――まず署に急報があったのは、食事時の鐘が鳴ったばかり（朝七時から八時まえごろ）のことです」

もちろん彼が言う署とは太医署のことである。

「安処殿に置いていた医官のひとりが、血相を変えて駆けこんできたんです。いわく、侍女の取り乱した声をきいて臥室へと駆けつけたところ、大長公主がすでに冷たくなっていたと」

延明としては、その時点で掖廷にも一報が欲しいところではある。

とはいえ、医師の療養をうけていた者が亡くなった場合はまず病死が疑われるので、くやしいが順当ではあった。

「僕らが行ってしらべたところ、大長公主はたしかに亡くなっていました。あおむけの姿勢で、お体には綿掛けをかけておらず、あごやうなじなどの筋肉が硬直しはじめている状態で」

「待ってください。綿掛けをかけていなかった？　この季節に？」

綿掛けは、絹の真綿を重層につめた冬用の高級衾である。

「綿掛けは僕が見たとき、臥牀のわきに落ちていましたね。侍女どもにもきいたけれど、だれも理由はわからないとのことでした。太医署の見解としては、死戦期に痙攣をおこしてずり落ちてしまったのだろうとのことでしたけれど」

ただ、と扁若はつづけた。

「火鉢の火が消えていたので、落ちたのは死戦期から死後のことでしょう。生前に落ちたなら、ふつう寒くて目が覚めるでしょうし、ひろいますよ。ついでにきちんと火を焚けと使用人を呼びつけます」

「火はなぜ消えていたのでしょう」

「さあ。そういう細かいところは医官がしらべることではないので。ただ、太医署としては、火が消えていたことを重くとらえています。大長公主は微熱があったのですが、火が消えたせいで臥室が冷え、体調が悪化して亡くなったのだ、と」

「微熱？　確認しますが、太医署の判断は『衰弱死』であるとのことでしたが」

「熱があったのになぜ『病死』としないのか、ですか？　単純な話です。そのほうが処分される医官の数がすくなく済むからですよ」

扁若は他人事のようにすまして言う。

なんだそれ、と華允は吐き捨てたが、延明としては太医署の判断も理解できなくはない。外傷がある殺しではなく、犯罪による死ではない以上、医官にとって病死も衰弱死も変わらない。正しい死因の究明はかれらの職責ではないのだ。だったら自分たちを守りたいだろう。

「ちなみに微熱で亡くなりそうなほど、大長公主は弱ってらしたのですか？」

「大長公主はこの冬、幾度も発熱をしていたし、去年の春ごろからはすっかり足腰が衰えて、侍女の介助がなければ生活もままならない様子でした。とはいえ、発熱といってもいずれも今回のように微熱ていどのことで、そこまで弱っていたかといわれるとそうは思いません。ただ高齢であるので、やはり死ぬか死なないかというのは判断がむずかしいところです」

「なるほど。しかし判断がむずかしいと言いつつ、扁若にはあきらかに死因をうたがう信念がある、と」

だからこそ、わざわざ掖廷まで検屍の要請にきたのだろう。

扁若はすこし黙したあと、

「……老猫なら、あれを病死や衰弱死だなんて言わない」

とだけ答えた。

それから間もなく八兆と合流し、二区へとたどりついた。

珍嶺大長公主がすまう安処殿は、二区の中央に位置する。

塀で囲まれた四合院ではなく、木々を植えて囲んだ古風な趣の殿舎で、開放的な構成となっていた。柱などにほどこされた色彩も控えめである。

反りあがった屋根の上にかざられた偶像をはじめ、いたるところに配されているのは鶴や亀などの彫刻だ。これらは長寿を意味する吉祥印である。殿舎を囲むのも、長寿の象徴とされる松だ。

「お待ちしておりました、薬丞。それに掖廷令まで御みずから……！」

悲愴ともいえる表情で延明らを迎えたのは、三名の医官だった。

そのすがるような様子に驚いていると、扁若が小声で「常駐していた医官で、引責にて浄軍に送られる予定です」と言う。

　なるほど。大長公主が衰弱死したということは、駐在していた医官の養生に問題があったとされるわけだ。もちろん、炭を管理していたはずの女官の責任も重い。

　安処殿にはほかにも数名の医官や員吏がいたが、彼らはみなこちらに形式上の礼をしめしつつも、困惑しているのがわかる。

「ここの責任者はだれですか？」

「もちろん太医令ですが、もう署に帰りましたよ。あれは顔を出しにきただけなので」

　太医令は夏陀の死後、あらたに医官のなかから選ばれ任じられている。なお、今回も男性ではなく宦官からの選出となった。

「女官もみえませんね」

「裏に集めてあります。室内のあらゆるものは触らせておりません」

　医官が答えた。そのまま案内されて正房のなか、臥室へと足を踏み入れる。

　中堂の東となりにつくられた臥室は、絹張りの折れ戸にて締め切られていた。内側には袷の白絹を用いて帳が二重に垂らされているが、炭が焚かれていないせいか外気と等しく、ひどく寒い。

「ひろいですね……」

　華允がつぶやく。

たしかに、大長公主の臥室はちょっとした衙門の中堂ほどの広さがあった。

奥行き一丈半（約三・五メートル）ほどさきから床が一段高くなり、そのさきに『幄』が建てられている。

幄とは、四本の柱で屋根を支える天幕のようなものだ。屋外の宴などで使用されるものだが、四方には緞子の帳が垂らされており、大長公主はこれを防寒の目的で使用していたようだ。

幄までは、入り口からはまっすぐに厚手の敷物が敷かれていた。右手には鏡や化粧箱をならべた漆の調度や櫃、左手には几が置かれ、熊の毛皮でつくられた座が敷かれてあった。

延明はそっと緞子の帳に手をかけた。

「大長公主、失礼いたします」

なかで待つ軀に声をかけてから、帳を上げる。

幄の内部は一丈（約二・三メートル）四方ほどもあった。中央には高脚の大きな臥牀が置かれてあり、大男が寝転んでもまるで余裕のある広さだった。

その見るからにやわらかそうな綿敷きのうえに、小さな老女の遺体が安置されている。足もと側の床には、亀を模した青銅の火鉢が置かれてあった。火が消えていたというのはこれのことだろう。

「ご遺体が動かされてありまするな」

高脚の臥牀のわきに立ち、八兆がやや残念そうに言う。

大長公主の遺体は、臥牀の中央であおむけになり、腹の上で手を組んでいた。あまりにも安らかすぎる姿勢で、扁若によると発見時は綿掛けもかけていなかったとのことだったが、しっかりと両手の下までを覆っていた。顔には白布がかけてある。

「ちょっと目を離していた隙に、女官たちが整えてしまったんだ」

扁若は死体を忌避してか、臥牀のそばには寄らないまま答えた。

「おまえ、どうせ穢れが怖くて離れていたんだろ。だからこういうことになるんだ」

華允が責めると、扁若は苛立ったように鼻頭にしわを寄せた。

「言っておくけれど、大長公主の侍女ともなれば、僕なんかよりも位が高い者もいる。細かく指図なんてできるはずがないだろう。女官どもを裏にあつめて行動を制限するのだって、孫延明のなまえを出してなんとか押し通したんだ」

「だから、おまえがそうやって死体から離れていたからだろ。それに延明さまのなまえを勝手に使うな。秩石六百石なら太医令だって同格だろう」

「まあ、よしなさい華允。ご遺体の管理がこれではお粗末と言わざるを得ませんが、われらを呼んでくれただけよしとしましょう」

それにおそらく、扁若は新任の太医令のなまえを出したくはないのだろう。扁若にとって太医令は唯一、死んでしまった夏陀だけなのだ。

「うるさいな。しゃべっていないでさっさと調べたらいい！」

扁若はつんとあごをあげてそっぽを向いた。

延明も、はやく仕事をという部分には完全に同意する。

「では、ご遺体発見時の状態を詳細に記したものなどはありますか？」

「医官がそんなものをいちいち記録するとでも？」

「でしょうね。八兆、どうしますか。ここで視てから外に運ぶか、はじめから運び出してしまうか」

「すでに動かされておりますゆえ、わたくしめはもう屋外に運び出してしまってもよきものと考えまする」

八兆が答えると、扁若が員吏をよびつけ、遺体を戸板に乗せて慎重に搬出させる。

屋外に出て検屍道具の準備を命じたところで「お待ちくだされ」とのしゃがれた声が響いて、延明らはあっけにとられた。

八兆ではなく女の声だ。

裏で待機しているはずの女官たちが複数人、駆けつけていた。

先頭に立っているのは老女がふたりだ。その姿には見覚えがあった。

「金鈴老太、銀鈴老太、裏でお待ちいただかねば困ります」

老太とは女官につける尊称で、彼女らは大長公主の侍女である。中宮に勤めていたころに会ったことがあった。

老侍女は、小柄で背筋が伸び、矍鑠としたほうが金鈴、肥えて大柄ながら腰が曲がり、杖をついているほうが銀鈴という。

大長公主が子供のころより仕えている侍女たちで、年齢はどちらもそろそろ七十に届こうかという高齢であったはずだ。若い娘のように頭上でふたつ輪にした飛仙髻は黒く立派であるが、義髻であることは一目瞭然だった。

「孫掖廷令」と金鈴が進み出る。「邪魔だてはいたしませぬ。しかしそのような無骨なる戸板に寝かせるのだけは、どうぞおやめくださりませ。薨去されようとも、大長公主たるおかたの尊厳は変わりませぬ」

「そうです。まさかと思ってきてみれば、あまりのなさりよう……。せめて、せめてこちらをお使いくださいまし」

銀鈴も進み出て、延明に折りたたんだ茣蓙を差しだした。

飴色をした藺で織られ、絹で四方を補強した最高級の茣蓙だ。

延明が受けとると、よしきたとばかりに錦の寝具や装飾具、化粧具の類などを持ちこもうとする。あわててそれを押しとどめた。

「老太、これからおこなうのは葬儀礼ではありません！　死因をつまびらかにするための検屍です」

「できかねます。化粧は顔色を変えてしまいます。それは死の真実から遠ざけること

となるでしょう」

「なんと……！」

ふたりはよろめいて手を取りあい、「おいたわしや」と、そっと目頭を押さえた。

「このような寒さのなか、屋外にてお身体をさらし無遠慮にしらべるなど、そも本来、大長公主さまに対してなさることではござりませぬ」

「わかっています。しかし、死の真相を探ることこそが大長公主さまの尊厳をお守りすることであると、私は心得ております」

ふたりの侍女に深く揖礼する。

正直、邪魔で仕方がないが、礼を尽くすしかない。世には守らねばならない礼節がいくつかあり、『長幼の序』はそのうちのひとつである。すなわち年長者の尊重だ。

延明は秩石にして六百石、階級でいえば金鈴も銀鈴も格下にちがいないが、所属する組織が異なる以上は『長幼の序』に反してふんぞり返るわけにはいかない。

あくまで礼節上の問題だが、丁重にあつかわねば逆にこちらが不届き者として罰をうけるおそれがある。

金鈴と銀鈴は邪魔だてをする意思はないようで、いくらか文句をつけたのち、神妙にうなずいた。

「……では仕方がござりませぬ。手早く、そしてどうか丁重になさりますよう。今上の伯母上であらせられること、ゆめゆめお忘れくださりますな」

「もちろんです」

「それと」

まだなにかあるのだろうか。『妖狐の微笑み』のうらで舌打ちでもしたい気分だ。

だが警戒したものの、金鈴が申しでたのは「裏で魂よばいをしてもよいだろうか」という確認だった。ほっと胸をなでおろす。

魂よばいは、死者からぬけ出た魂に呼びかけるもので、重要な儀礼である。時間が経てば呼ばう魂もどこかへ行ってしまうので、葬儀礼が後になろうとも一刻も早くおこないたいとの願いだった。

それを許可すると、老侍女たちはときおりすすり泣きつつ、裏の待機場所へともどって行った。

「――では、あらためて。検屍をおこないましょう」

仕切り直してから、延明は院子に高級莫蓙をひろげる。

大長公主の遺体は身が縮むほどの寒さのなか、ようやく院子に横たえられた。

物言わぬ大長公主の顔面を覆った白布からは、すっかり白くなった頭髪がのぞいている。寝起きが楽なように頭頂で結われた髻は、侍女らと同様、そのほとんどが義髻であることが見て取れた。

綿掛けで隠されていた足には、大長公主が席にて愛用していた脇息がひっくり返した状態にてくくられていて、多少腹が立つところである。これは足をまっすぐにした状態で死後硬直を迎えるための添え木のようなもので、のちの儀式で沓をはかせやすくするためのそちだ。慎重に取りはずした。

身に着けているのは、紺の生地に雲中龍紋繍がほどこされた立派な綿入りの袍で、どうやら贅沢にも夜着のようである。

中断されていた検屍の準備がいそぎ整えられていき、華允が記録の筆をにぎる。八兆が凍える指先をさすりながら、開始の旨を告げた。

顔に掛けられていた白布を取り去ると、華允が思わずおどろきの声を漏らす。

知らなければさもあらん。大長公主のやせ衰えた顔貌には、しわとともにあまたの痘痕がきざまれていた。

この後宮でも知る者はすくないが、大長公主が降嫁しなかった理由がここにある。さきの老侍女たちも化粧でこれを隠してやりたかったのだろう。

八兆は気にすることなく検屍をはじめる。

「こちら、大長公主・珍嶺さまにて相違ござりませぬな？」

「ええ。齢は六十五。近年はご年齢による身体機能の低下がみられ、医官より養生をうけていたご様子。この冬は発熱もみられ、死亡当夜も微熱があったとのこと」

「ではまず、着衣のままにて検屍をいたしまする」

八兆は遺体の頭髪をほどき、義髻をはずして地毛の長さを測った。

それから身長を測り、各関節をさわり、動かしてみる。死後の硬直を確認しているのだが、垂れ下がったまぶたが難しい色を浮かべている。

「だいぶ硬直が弱いようにござりまするが、これはどうも医官や女官が動かしたゆえゆるんだものと思われまする。あごのみ、強度硬直を維持。これでは死後経過時間の参考とはなりませぬな」

残念だが、文句を言ってどうにかなるものではない。

それから延明も手伝って遺体を裏返し、衣服の上から背面を確認する。

「臀部に失禁が認められまする。たしかにあおむけにて染みた形跡にて相違ござりませぬ」

「ええ、発見時の情報と一致していますね」

それから三人で協力して着衣を取りはずし、全裸での検屍をおこなう。

よほど寒さをきらったのか、大長公主は袍の下に内衣を二枚も重ねていた。

下半身は袴だ。袴とは襠がなく脚だけを覆うもので、やや古めかしい形式のはかまである。八兆によると、排泄の介助がしやすいからだろうとのことだ。たしかに、生活には侍女の介助が必要だという話であった。

なお、華允が「さすがおなじ老体、よく知ってる」などと余計な感想を述べて、あごに頭突きを食らっていた。八兆もなかなかの高齢であるはずだが、健勝そうでなによりだ。

「頭部に異物なし、ゆるく閉じた目は完全、歯は固くかみしめておりまする。舌完全」

あばらの形が見てとれるほどにすっかりやせ衰えた裸体を慎重に検分し、八兆がつぎつぎに読み上げる。

三人が異変に目を留めたのは、遺体を裏返し、背面の検屍をはじめようとしたときだった。

「あ！」

「これは……」

「芙蓉色の死斑にござりまするな」

――芙蓉色。

この冬、幾度もきいた言葉だ。

大長公主の遺体の背には、芙蓉色の死斑があらわれていた。あるいは、鮮紅色とも表現される色調の死斑だ。

「延明さまこれ、病死でも衰弱死でもないですよ！　やせ衰えた体に、芙蓉色の血色。凍死の所見じゃないですか！」

　華允が興奮した様子で言う。

「凍死？」

　離れた位置でこちらを注視していた扁若が、いぶかしむように声をあげた。

「ほんとうに？　鮮やかな色あいの死斑は、石炭や木炭による中毒死だと老猫が言っていたけれど？」

　その言葉で、延明は「ああ」と納得する。

「それで『衰弱死』ではないと判断し、掖廷まで足を運んだのですね」

　衰弱死や病死であれば関係医官に処分が下るが、検屍によって炭による中毒死と鑑定されれば、医官は処分をまぬかれる。

　扁若は部下を守るために、太医令の判断に逆らって延明らを呼びよせたのだ。

　延明が指摘すると、扁若はつんとそっぽを向く。

　その横顔に説明した。

「たしかに、芙蓉色——鮮紅色ともいうこの鮮やかなる死斑の色は、炭毒による中毒死でもあらわれるものです。しかし扁若、あなたが老猫から説明を受けたのは秋の話でしょう」

「……そうですが」

「冬ともなると、ややこしいことに、この死斑の色で判断される死因は増えます。すなわち凍死もまた、同様の死斑の色味をていするのです」

「じゃあ、大長公主の死因は凍死か、あるいは炭毒による中毒か、そのいずれか二択ということ？」

扁若が問うので、うなずいた。

これが、連日多く死体安置所に運びこまれてくる下級女官や婢女であれば、迷うところではない。

彼女たちは炭を贖い、暖をとれる身分にない者たちであるので、炭で中毒するとは考えにくい。よって、特殊な事情がなければすぐさま凍死と判断される。

しかし、大長公主は貴人だ。

貴人のましますところ、つねに火が焚かれ暖められている。暖房に使用されるのは石炭、そして木炭だ。中毒死の可能性は十分にある。

「でも延明さま、扁若が駆けつけたとき、すでに火鉢の火は消えていたって話です」

「しかし消えたのが死後であるのか、生前であるのかはわかりませんよ」

死後であるなら、炭毒による中毒死が有力だろう。あれほど近くで火が焚かれて、凍死はしまい。

この場合は、太医署（たいいしょ）が考えるように、綿掛（わたが）けは死戦期の痙攣（けいれん）によって落下したものとなるだろう。

しかし生前に火が消えたのであるなら、華允（かいん）が言うように寒さに凍えての凍死も考えられる。大長公主は老齢で、痩（や）せている。綿掛けも落下していた。扁若は『ふつう寒くて目が覚めるでしょうし、ひろいますよ』などと言っていたが、寒さに気がついたときにはすでにそれができないほど弱っていた可能性も考えられる。

「掖廷令（えきていれい）、このご遺体、口から酒の匂いがいたしまする」

検屍（けんし）をつづけていた八兆（はっちょう）が言う。

「飲酒ですか……」

酔いは、凍死の可能性を押しあげる因子だ。寒さの感覚もまひし、あるいはひとを呼ぶ判断が鈍った可能性がある。酒自体もまた、体温の調節を阻害する。

――はたしてこれは、凍死か、それとも炭毒による中毒死か……。

延明たちは、固唾（かたず）をのんで検屍のゆくえを見守った。

＊＊＊

宴に蒼皇子が招かれると、才里は興奮した様子ではりきって供をするが、なにがそんなに喜ばしいのか、桃花にはさっぱりわからない。

いわく、華やかな世界の一員となったような誇らしさがあるらしい。

桃花にとっては宗室の華やかな世界よりも、夢と現実のあいだにある、ふわふわとしたふしぎな世界のほうがよほど魅力的である。うたた寝で簡単に揺蕩うことができ、最高に幸せな気分になれる。そのまま夢の世界に行くもよし、いつまでもあわいの世界を満喫してもよし。

なお、季節は春がよい。お日さまの匂いがする日向で、風が当たらぬ場所が満点で、いずこからか花の香りがほのかに漂ってくればなおよく――

「桃花！」

「……はい」

「寝てたわね？」

「……いえ」

ぱちりと目を開くと、真正面に才里の顔があった。

至近距離でにらまれて、逃げるように視線を泳がせる。「あの……考え事をしていただけですわ」

「現実逃避でしょ、どうせ」

ずばりと言い当てられて、桃花はしゅんとした。

「……だって……なぜわたくしなのかと」

「それはあたしがこれだからよ！」

いかめしい表情をした才里の鼻から、一筋の洟(はな)がたれる。これ、とは洟のことである。才里は今朝から洟が止まらないのだ。

手巾(しゅきん)を鼻につめて、才里はため息をついた。

「ほんとはあたしが行きたいわよ。桃花だけだと心配だし……でもしょうがないわ」

嘆きつつ、才里は桃花の顔に宮粉(おしろい)をはたき紅を差し、眉墨(まゆずみ)をいれる。

かゆいのでごりごりこすったら烈火のごとく怒られた。

「いい？　隅に控えているだけでいいの。どうせ周りには優秀な女官がたくさんいるんだからなんとかなるわ。あ、手巾は念のため四枚懐に入れてって。それからね、贈り物であっても荷物の受けとりは侍女の仕事よ。ぜったい殿下に持たせないこと。席次はわかるわね？　殿下、殿下もそろそろお出(い)でになりませんと」

うながされて、柱の周りをうろうろしていた蒼皇子は「ええ!?」と眉を八の字に下げた。

「才里、行かなくてはだめ？」

「だから支度をしております」

蒼皇子もしょげたようにうなだれた。

これから中宮の椒房殿にて饗宴がある。今朝、夜明けとともに、皇后と側室らによって、祀りに使用するための春酒をしこむ儀礼がおこなわれた。その成功を慶ぶ宴である。これに蒼皇子も招かれたのだ。

もちろん蒼皇子は服喪中であるので饗膳には手をつけず、早々に辞去するようにはなる。新年であるので、側室たちにも顔を見せてほしいとのことだ。

「みな蒼皇子を心配しておりますから、元気なお姿を見せてやってくださいまし」

「でも……みんな罪人の子を厭うでしょう」

「殿下」

才里は顔色を変えて諫めようとしたが、鼻から手巾がぶら下がっていてはなにを言っても説得力皆無である。かわりに桃花が蒼皇子に近づき、膝をついた。

「殿下、そのようなことを口にして、みずからを貶めてはなりませんわ」

「でも……」

「たしかに梅氏は罪人です。けれども婕妤さまはちがうのです。婕妤さまは儀礼こそ簡略化されましたけれども、きちんと陵墓にて埋葬されております。それは母以子貴——蒼殿下が貴いがゆえのことですわ。殿下が貴きことが、生母である婕妤さまのご身分を死後もお守りしているのです。ですから、みずからを貶めることは婕妤さまを貶めることにもつながりましょう。どうぞ御身の貴さをお忘れになりませんよう」

梅婕妤ゆずりのくっきりとした二重の目に、じわりと涙が溜まる。

そうですよ、となぜか半泣きになった才里に力強く見送られ、蒼皇子と桃花は孺子堂を発った。

のだが――。

中宮の院子を椒房殿に向けて歩いてすぐ、おや、と桃花は足を止めた。

「桃花？」

心もとない顔で、蒼皇子も立ち止まる。桃花のあとにつづいていた下級の女官たちも、戸惑ったように足を止めた。

なにか、違和を感じるのだ。なにがとは言えないが、なにかがひっかかる。

周囲を見渡しながら、刺すような冷たい空気に首を縮めて、ふと気がついた。

「静かすぎではないでしょうか……？」

新年を迎えてより、絶えず響いていた楽の音がきこえないのだ。

これから宴であるというのに、鼓の音ひとつきこえない。こんなに静かなことがあるだろうか。

蒼皇子もたしかに、と椒房殿を見上げる。時間をまちがえただろうか？　いや、才里に限ってそのような失敗はない。

「なにごとかあったのかもしれませんので、殿下は少々お待ちくださいませ」

侍女は皇子のそばを離れるわけにはいかない。桃花はお供してきた女官に確認を頼もうとして、しかしちょうど椒房殿の階をおりてくる人影があることに気がついた。

きらきら輝く簪や歩揺からして妃嬪。ふたりだ。

だれだっただろうかと遠目に考えるが、思い出せない。

そもそも妃嬪らの顔など桃花はほとんど知らないのだが、徐々に近づいてくるふたりにはどこか見覚えがある気がした。

ひとりは黒々とした髪をすっきりと高髻に結い上げた、背の高い妃嬪だった。褐色の深衣に毛皮のうわぎを羽織って颯爽とおりてくる。

もうひとりは対照的に背が低く、ふっくらとした妃嬪だった。左右の鬢を膨らませるように結い上げている。深衣は二藍色、たっぷりとした毛皮の襟巻をつけていた。

蒼皇子の存在に気がついているようで、こちらに向かってやってくる。

どうせ侍女などただの空気なのだから、まあ思い出す必要もないかと桃花は早々にあきらめた。地面の砂でも数えて、無になっていればよい。

ふたりは供を引き連れながら蒼皇子の前までやってくると、両袖を胸のまえで合わせるようにして面を伏せ、体を低くする礼をとった。

「殿下、以前冬至にごあいさつをさせていただきました、虞の娘でございます」

「蔡の娘にございます。わたくしどもより謹んで新年のごあいさつを申しあげますわ」

背が高く、どこか凜々しさを感じさせる女性が虞美人。ふっくらとしており柔和な印象を与えるのが蔡美人。どちらも梅婕妤の薨去後に入内した側室だ。そういえば、織室で女官選びがおこなわれたことがあった。

ふたりが皇后派であることは周知であるので、蒼皇子は一瞬だけ気後れする様子を見せたが、すぐにおのれを鼓舞するようにしっかりと胸を張った。そのことに心からほっとする。

「ありがとう、虞美人と蔡美人。後宮は慣れましたか？」

「お気遣い痛み入ります。皇后さまが親切にしてくださるおかげで、なんとかやっております」

虞美人は言い、手にしていた毛氈で口もとを隠す。蔡美人は小さな鈴を転がすように笑った。

「わたくしは慣れたと胸を張りたいところですけれども、なにか失敗を致さないかと日々気を揉んでおりますわ。緊張して、食べてばかりおりますの」

「そうですか。食欲があるのはよいことです」

「殿下は……」

蔡美人は言いかけて一瞬配慮を見せ、やはり心配そうに「お食事があまり進んでいらっしゃらないご様子」と案じる言葉を述べた。

蔡美人が心配するとおり、蒼皇子はいまも変わらず塞ぎがちで、食欲もない日々がつづいている。頬はすっかりこけて、顔色もあまりよろしくないのが現状だ。

蒼皇子は困ったように笑う。

「服喪中ですから、ふくぶくしくては困ります」

「しかし……」

「それより、楽の音がきこえませんが、なにごとかあったのでしょうか？」

話を逸らすように、蒼皇子が尋ねる。

はっと思い出したように、「そう、そうなのです！」と蔡美人が目を丸くした。

「大長公主さまが薨去されたのだそうですわ！」

「珍嶺さまが？」

蒼皇子とともに桃花も静かに驚き、そして納得した。

楽の音が止まっていたのはそれが理由だ。これからいそぎ各所に使者が送られて、葬儀礼に入るのだろう。

「それでは宴は中止ですね」

その表情にはどこかほっとした心持ちがにじんでいて、蒼皇子にとってはこれでよかったのかもしれないと桃花は思った。

「ではこれで」

蒼皇子が言うや否や、「お待ちください」と声がかかった。虞（ぐ）美人だ。

供の者に指示を出すと、小さな行李（こうり）をささげ持った女官が前に出る。

「どうぞ、わたくしから蒼殿下に。お気持ちでございます」

「これは？」

尋ねると、行李のふたが開かれる。

あらわれたのは、芙蓉（ふよう）で淡く染めたような色あいの、とてもきれいな卵だった。

「わたくしが飼っております鶏が産んだ卵でございます」

あっけにとられる蒼皇子に代わって、桃花が行李を受けとる。鶏卵は貴重品だ。

「あ、ありがとうございます。……虞美人は鶏を飼っているのですか？」

「さようにございます。畏（おそ）れながら、殿下のお加減がよろしくないとの話を耳にしまして、すこしでも滋養の足しにしていただけましたらと思いまして」

「まあ虞美人、ぬけがけですわ。そのような話があったのでしたら、わたくしにも教えてくださればよろしかったですのに。うちには腕利き庖人（りょうりにん）がおりますのよ」

蔡美人がすねたようにくちびるを尖（とが）らせる。

それからなにかを思いついたように、ぱっと表情を明るくした。

「そうですわ。殿下、その卵をどうかうちの庖人に調理させてくださいませ。母君を亡くされてお心のつらい中とは存じますけれども、服喪というのはお体を壊すためのものではございませんでしょう。つるりと召し上がることができる養生料理をつくらせますので、どうぞお召し上がりになってくださいませ」

「ええと……」

蒼皇子はわずかに困惑の色を浮かべて桃花をふり返った。助言を求めているのだ。

絶大な力を有した梅婕妤の殿舎で育ったために、蒼皇子はみずからなにかを判断することがあまり得手ではないと、桃花は思う。侍女や使用人たちがつねに梅婕妤の顔色をうかがって物事を取り決めてきたからなのだろう。

だが欠点ではない。これからの経験で成長する事柄であるし、いずれはだれの意見をも公正に聞くことができる、よき王となる素質を持っているということだ。

「殿下、お受けなさるのがよろしいかと存じます。一方より贈り物を受けたままでは、ふたりの待遇に差を生じさせてしまうかと」

小声で答える。

蒼皇子は目でうなずき、これを受けた。

＊＊＊

検屍結果は、凍死もしくは炭毒による中毒死である。

八兆は服毒の可能性をふくめ念入りな検屍をおこなったが、遺体からそれ以上の情報を得ることはできなかった。

とはいえ、まだ死因の特定こそされていないが、いずれにしても医官には過失のなかったことと判断されたそうである。したがって、三人の常駐医官は処罰をまぬかれた旨、扁若から連絡があった。

「延明さま、女官の聴取が終わりました」

日中入り（午前十一時ごろ）をしらせる鐘が鳴るなか、延明の几のまえまでやってきた華允がそう報告する。

延明は書きものをしていた手を止めないまま、「報告をつづけてください」と言った。皇后による下賜の件で配分案が出たので、その決裁の最中だった。いそぎである。

華允は姿勢をあらため、編綴された調書を開く。

「では、大長公主のご遺体発見までのながれから報告します」

「お願いします」

「まず昨晩の大長公主が臥室入りした時刻ですが、黄昏（午後八時ごろ）の鐘とほぼ同時であったそうです。これは普段どおりで、厨の責任者が酒を運び、寝酒を楽しんだあと就寝。片づけのあと、側近侍女の金鈴、銀鈴の二名が控えの間にて不寝番に入り、下位の女官たちも速やかに仕事を終えて就寝したとのことです」

このとき、だれかが気に留めるような不審な点はなにもなかったとのことだった。

うなずいて、さきをうながす。

「ただ夜大半（午前一時ごろ）になって、大長公主はいったん目を覚ましたそうです。鉦が――ご高齢であまり大きな声も出ないので、枕元には不寝番の侍女を呼びつけるための鉦が置かれていたそうなんですが、それが鳴らされたらしいです」

「大長公主の用件は？」

「寒いからもっと火を大きくするようにとの命令だったそうです。どうやら毎夜の恒例だったみたいですね、夜中に炭を足すというのは。それで金鈴は何豸豸という女官に伝えに行き、その後、豸豸の手で火鉢に炭が追加されたとのこと。使用されたのは木炭で、豸豸は炭や薪、灯燭用の油など消耗物品の管理をしていた女官です」

なるほど、と筆を置く。

下賜の案件に関する検討が終わった。こちらはこれで可である。書きこんだ木簡を正式文書として浄書する官吏に渡し、あらためて華允を向く。

「それで、あらたな炭が追加されたのは金鈴らも見ていたのですね？」

「はい。金鈴と銀鈴はふたりでともに控えの間に入り、交代で不寝番をおこなっていたそうです。ただ、カンカンはげしく鉦が鳴るとさすがに寝ているわけにもいかなくて、どちらとも起きて立ち会っていたみたいです」

華允は、「鉦は便利だけど、寝ていたほうからすればけっこう迷惑ですね」と私的な感想も述べた。たしかにそうだ。

「その後ふたたび就寝、朝になって金鈴と銀鈴が様子をうかがったところ、臥室(しんしつ)があまりに寒くておどろいたそうです。声をかけても応答がないことを不審に思って帳(とばり)のなかをのぞいて、ご遺体を発見したという流れです」

「わざわざふたりで起こしに行った理由は？」

「朝いちばんは起きあがって移動するのにも転倒の心配があるとかで、介助が必要だからと言っていました。侍女はどちらともけっこういい婆さんなので、まあひとりでは無理ですね」

たしかにと思う。問題はないだろう。

扁若(へんじゃく)の話を合わせれば、遺体発見時における彼女らの騒ぎをききつけて常駐医官が駆けつけ、そこから太医署(たいいしょ)に一報があがったというわけだ。

「では華允、『幄(あく)』ですが、就寝時は帳のすべてがおろされていたか否か、これは確認しましたか？」

青銅の火鉢は幄のなかにあった。帳がおろされていれば、空気の流れが滞る。石炭よりも木炭が安全とはされているが、密閉空間は危険だ。

もちろんです、とどこか得意げに華允が答える。

「四方をおろし、前面はわずかに開けておくのが決まりであったそうです。遺体の発見時も通常どおりであったとのこと」

「発見時の遺体状況はどうですか？」

「わかっているのは、遺体があおむけだったことくらいでした。侍女ふたりは遺体がどんな姿勢だったかなんて覚えていないと言っていますし、医官も脈をとったりしただけじゃなくて、なんとか救命できないか試行錯誤で動かしてしまったと証言しています」

侍女もそうだが、医官もかなり狼狽しただろうとは想像がつく。貴人の死とは、医官の命に直結する。

「それでは、火鉢の件はどうなりましたか？」

遺体発見時、真夜中に炭が足されたはずの火鉢の火が消えていた。

この火鉢だが、検屍後のしらべで炭がいくつか燃焼不良にて燃えのこっていたことが確認されている。

「それですけど、炭の燃焼実験をしたところ、芯まで湿気っていることが判明しました。ただ、火鉢にのこっていた灰に濡れた形跡はなかったので、だれかが水をかけて消したとかそういったものではないみたいです」

「では、湿気っていて燃焼不良を起こし、火が消えてしまったのでしょう。炭を追加したという爹爹ですが、炭にしっかり火が移るまでの確認をしていましたか？」

「しなかったそうです。とても眠くてそこまでできなかった、とのことでした」

爹爹の主張としては、冬は寒くて眠りも浅いなか、毎夜毎夜呼び出されるために寝不足で疲労がたまっていたとのことだ。つい、熾火になった古い炭の上にのせるだけで済ませてしまったという。

「不手際ですね」

ため息をつく。

火鉢にのこっていた炭の量から見て、このときに追加されたもののうち、いくつかがきちんと燃焼できずにのこってしまったのだ。濡れた炭に強引に火をつけようとすれば激しく爆跳することもあるが、爹爹はそこまでしっかりと着火をおこなったわけでもなかったようだ。よかったのか悪かったのか、まだなんとも言えない。

「炭が湿っていたことについて、爹爹はどのように申し述べていますか？」

「心当たりがまったくないそうです。保管場所や方法に問題はなく、火がつかないほど湿っている理由がわからない、と。湿っている可能性があれば、あんな雑なことはしなかったって言っています。──暴室に入れますか？」

すこしだけ思案する。

死因は凍死であるのか炭毒による中毒死であるのか、そして炭が湿っていた理由はなんであるのか。これらの究明が済んでからでも遅くはないだろう。

「爹爹については明日も厳しく聴取をおこなうように」

「わかりました。それと延明さま、もうじき再検屍の手配が整うそうです。大変ですけど、もう一度安処殿へきてください」

「……いえ」

「わかりました」

大長公主の遺体には見張りを置き、安処殿に安置してある。例によって老侍女たちが猛抗議をしていたが、しかたがない。桃花による検屍が手配してあったからだ。

八兆を頼りにしないわけではないが、凍死か中毒死か、確定できないままでは解決に至らない。できれば八兆の検屍のすぐあとにでもおこなうことができればよかったのだが、孺子堂に来客があったため、桃花の呼び出しに時間がかかってしまった。

出ようとしたところで、延明の小間使いの童子があわてたようにやってきた。

湯気立つ碗をひとつずつ、延明と華允に手渡す。

「寒いですから、どうぞお体をあたためてからお出になってください」

「ああ、気が利きますね」

甘い生姜湯だ。独特の刺激がある香気は、桃花と飲んだ人銜を思わせた。

——桃花さん……。

桃花のまえで、自分はいったいどのような顔をしていればよいのだろうか。

妙な緊張感を抱えながら、安処殿へとたどりつくと、院子ではあわただしく準備が整えられているところだった。

大長公主の遺体は仮の棺に納められ、どこか冷めた色をした冬の青空のもと、再検屍のときを待っている。

白い息をはきながら周辺を行き来しているのは掖廷から連れてきた奴僕、そして安処殿の婢女たちだ。井戸から水を汲み、大量に桶を用意している。山のような酒粕や、大量に消費する酢を運ぶのも彼ら肉体労働者の仕事だ。

外に出された長几には、遺体や道具などの洗浄につかわれるサイカチ、酒粕と酢、布帛、薬の白梅や蒼朮などが並んでいる。それらのわきには、小型の火炉がふたつ置かれていた。一方ではすでに湯が沸かされ、酒粕の一部が湯せんで温められていた。

それらの確認をしているうちに、まもなく、検屍官の到着が告げられる。

どきりとしつつ視線をやると、桃花がおなじみの官奴姿で垣根をぬけてくるところだった。

——あぁ……。

姿を見るまでは緊張したが、じっさいその姿を目に入れてしまえば、憎しみなどなにひとつ、一毛たりとも湧いてはこなかった。安堵の息をはく。

むしろ感じるのは寒そうだなという心配ばかりだ。官奴の衣服はとにかく薄く、すり切れて粗末で、白く細い首がむき出しになっている。なにか毛皮でも巻いてやらねばならないのではないか、そんな感覚がこみあげた。

苦笑するよりほかにない。

——なにが、仇の娘か。

心のなかで一蹴する。

なにもなかった。いつもの桃花で、いつもの自分だ。いったいなにを恐れていたのか。おのれの怯懦ぶりが苦々しい。

深呼吸をして心を落ち着かせてから、ゆっくりと声をかける。安堵したというのに、第一声にはことのほか勇気が要った。

「桃李、今回も検屍を頼みます」

桃花がふり返る。

が、その表情がたたえる不機嫌さに、面食らった。

「ど、どうしました……？」

おのれの愚かな不安を見抜かれたような気がして、ひどく狼狽した。

呼び出した桃花がこれほど怒っているのは久しぶりだ。いや、迷惑そうにしていることはあっても、延明に直接怒りを向けたことなどあっただろうか。あわてて「桃花さん」などと名を呼びそうになるのを、すんでのところで飲みこんだ。

「なんでもありませんわ」

「なんでもない顔ではないでしょう。なにを怒っているのです……」

「奴僕が秩石六百石の長官に怒るなど、あってはならないことです」

「いや、しかし」

そっけない態度がやはり怒っている証しだ。

延明が困り果てていると、周囲の目を気にしてか、桃花はあきらめたように表情をゆるめた。

「……ご無沙汰しておりますわ、延明さま」

「あ、はい」

どきりとした。そういえば、忙しさに加えて羊角氏の件があったせいで、年をまたいでいまだ音信をとっていなかった。

「失礼いたしました。こちらこそ新年のあいさつにもうかがわず……」

「あいさつなどどうでもよいことです」

「しかし、怒っているのでしょう」

「怒っている？」

桃花は小首をかしげた。

「わたくし、怒っているのでしょうか？」

「そんなふしぎそうに問われても」

「……いままさに、卵と鹿肉の黒酢あんかけを食するところでしたので、それはだいぶ根に持っているかもしれませんけれども」

「あ……なるほど」

拍子抜けしたが、同時にほっと安堵もした。やはり、いつもの桃花だ。よかった……。あらためて胸をなでおろす。

「おわびになにかお食事をご用意しますよ。鹿や鶏卵が好物でしたか？　おなじものはむずかしいやもしれませんが」

「好き、とはちがうのですけれども。とても興味があったのですわ。黒酢は好物です」

苦いものはきらいであるのに、酸いものは好物なのか。むずかしい舌である。

「では桃李、準備もできているようですし、はじめましょうか」

検屍をおこなう位置へと桃花をうながした。

「大長公主が今朝亡くなりまして、その検屍となります。八兆の検屍で凍死か炭毒による中毒死か、というところまではしらべがついたのですが、そのさきが特定できていません」

「特定まではいきませぬが、わたくしめとしましては、凍死との見方が濃厚とは思っておるところにござりまする」

桃花の向かい側を確保した八兆が言って、一度目の検屍結果を記した死体検案書を渡す。

「凍死、ですか」

「さようにござりまする。遺体の温めをおこなった際、黄色かった顔色が赤みを浮かべたのでござりまする。昔、凍死者を屋内に入れると顔色がよみがえると耳にしたことがござりますゆえ、まさにそれであると感じたところにござりました。また、炭中毒で見られる嘔吐の痕跡もみられませぬ。よって、やはり凍死の可能性が高きことと愚考しましてござりまする」

桃花は話を聞きながら、死体検案書に目をとおしている。読み終えたあともかるく眉根を寄せて、思案する表情だ。

「……これは、難しいところですわ」

言うと、桃花は飴色の茣蓙のまえに膝をついた。大長公主の遺体を横たえるための場所だ。では、と延明が遺体の準備をさせようとすると、桃花が待ったをかける。

「延明さま、遺体がこの寒さで硬くなってしまっては困ります。どうぞ炉をそばにおいてくださいませ」

たしかに八兆が検屍で遺体を温めたとはいえ、時が経っている。

延明は奴僕に命じて炉を動かしてから、そのそばへと遺体を運び出させた。

桃花のまえにおろされたのは、紺色の袍で覆われた大長公主の遺体だ。再検屍がしやすいよう袖はとおさず、袍は上からかけただけの状態にしてあった。衣の着脱で遺体を何度も動かすことは避けたかったからだ。足を固定していた脇息も外し、口にも角柶をふくませず、顔面には絹の覆いをかけたのみだ。

「こちら大長公主・珍嶺さまです」

筆と書き付けを手にしながら、延明は説明する。

「ご年齢は六十五、身長は六尺（約一四〇センチ）強。今朝、臥牀のうえにてあおむけで亡くなっているのが発見されました。綿掛けは臥牀のわきに落下している状態。ちかくには火鉢があり、通常は木炭により火が焚かれているはずでしたが、発見時には炭はのこっていたものの火が消えており、臥室内は非常に低温であったとのことです。目撃証言から、死亡時刻はおおよそ夜大半（午前一時ごろ）以降とみられます」

「承知いたしました」

桃花は背筋を伸ばし、「はじめます」と開始を告げて、袍と絹を取りはらう。

莫蓙に横たえられた遺体は小さく、やせていて、ひどく寒そうに見えた。しかし体格の寒々しさとは対照的に、顔はほんのり赤みを帯びて顔色は悪くない。これは検屍の工程であらわれた赤みであると、さきほど八兆からは説明があった。

生前は宗室としての気品を感じさせた切れ長の目は、いまや柔らかに閉じ、腕を腹の両わきにのばしている。そのひじがやや曲がっているのは、侍女らが腕を組ませて姿勢を整えてしまった際のなごりだ。

経過時間は、一度目の検屍より一時（二時間）とすこしほど。遺体の硬直はさらに強固になっているものかと思ったが、そうでもないようだった。死後に幾度も動かしたからかもしれない。

桃花は「頭髪の測定は省略します」と断りを入れてから、頭髪のなかを丁寧にしらべはじめた。

「頭皮に異物なし。目完全……眼瞼に鮮やかな充血あり、鼻完全、口腔からはかすかな酒の匂いがいたします」

それから徐々に下へとさがり、乳房や腹部、陰門や脚までを丹念にしらべ終えたが、とくになにか変わった点や、特筆すべき点はないようだった。

だが、そのまま死斑の浮かぶ背面へと移るのかと思ったが、そこでもう一度頭部へともどる。頭部というより、顔面だ。

瘂痕としわが刻まれた顔面を仔細に観察し、もういっぺん死体検案書に目をとおす。

なにかを検討した様子で、それからようやく背面へと移った。延明や華允が手を貸して遺体をうつぶせに返すと、背中はいっそう死斑が強く広くなり、全体的に色の鮮やかさも増していた。しかも色は色調に変化があり、全面一定ではないように見えた。

「死斑は外側に行くほど鮮やかに見えますが、これは？」

「なぜこのようになるのか、という質問でしたら答えがむずかしいのですけれども、寒冷下ではこのようになることがままあるのです。あとからあらわれたもののほうが明るくなるというふうに。これらの記録もしっかりとお願いいたします」

延明は言われたとおり、桃花の注釈も添えて観察したままを仔細に記録した。

「背面に外傷なし、肛門にわずかな便の漏出あり、死斑は鮮紅色。ほか異常なし」

ここまで、八兆の検屍とほとんど内容は変わらないようだ。

ではこのあとはどうするのだろうか。華允や八兆も固唾を呑んで見守るなか、桃花は口もとに手を当て、しきりになにか思案している様子だ。

「……なにか気になることでも？」

それともやはり、死因を特定しあぐねているのだろうか。

そう思って尋ねたが、桃花は意外な言葉を口にした。

「念のため、見えにくい傷痕を判明させる工程をおこないたいと思います」

延明のみならず、華允や八兆も目を瞠る。

「まさか、凍死や中毒死以外の死因を疑っているのですか」

「延明さま。ご存じのとおり、凍死や炭毒による中毒死の判別は非常にむずかしいものです。どちらにも鮮紅色、あるいは芙蓉色と呼ばれる血液の色が認められるという共通点があり、検屍の所見がよく似ております」

「ええ。ですので掖廷ではこの冬、外傷など他殺をうたがわれる因子がみつからず、衣がうすく、食が不足しており弱っている者が、なおかつ早朝に臥牀で発見された場合においては凍死と判断することとしてきました」

卑賤の身分では炭を焚くことが不可能であるからだ。

もし炭を焚くことが可能な身分であり、暖を取りながら亡くなったならば、たとえおなじ色の死斑があったとしても凍死とは判断しない。入念に周囲をしらべることになる。嘔吐の痕跡があれば、なお確信に近づくだろう。

こういう認識でよいだろうかと確認すると、桃花もうなずく。

「はい、あっております。つまり凍死と炭毒による中毒死、このふたつを判断するのは死亡時における状況なのです。炭があったか、なかったか。気温は低かったか、高かったか。衣服は薄かったか、厚かったか」

桃花は酢を火にかけて温めながら、「けれども」とつづけた。

「おわかりのことと存じますけれども、それらには『外傷がない場合』という大変重要な注釈がつきます。なぜなら、特徴となる所見は死斑の色ですけれども、まったくあてにならない場合もあるからなのです」

熱した酢に指をいれて温度を確認すると、桃花は大長公主の遺体に衣をかぶせ、そのうえから熱した酢をそそぐ。もうもうと蒸気があがったところへ、さらに筵を二枚かぶせて覆った。熱い酢をかけられた遺体は、近くに置かれた炉の熱をうけ、湯気を出しながら蒸されている状態だ。

「このまましばらく待ちます」

「わかりました。……それで、あてにならない場合というのは？」

「はい。たとえば、ほかの死因で亡くなった死体を寒冷な場所に放置した場合も、鮮紅色を帯びることになるのです。炭毒も同様で、ほかの因子にて死亡したのち、炭毒にさらせば鮮紅色を帯びた死体となります」

「偽装が可能である、ということですね」

やや背筋が緊張を帯びる。

桃花によれば、細かなことをいえば完全な偽装は容易ではないようだが、不可能ではないということだ。

「今回、一度目の検屍であらわれた顔の赤みや眼瞼の充血がやや気になるところではありますので、可能性のひとつをつぶすというのも大事な工程と心得ます」

「お願いします」

おそらく遺体を温め、一時（二時間）ほど置くのだろう。延明は筆と書き付けを置いた。

桃花はサイカチと温かな湯で手を洗浄し終えると、立ち上がる。てっきり炉のそばで寝るのだろうと思いこんでいた延明は驚いた。

そのまま安処殿のなかに入って行こうとするので、あわててあとにつづく。

「桃李？　どこへ……」

「待っているあいだに、死亡時の環境を確認しておくのがよいかと」

「あ、おれも行きます！」

華允と八兆までついてくる。

女官たちを締め出した安処殿はすっかりと冷えこみ、静かだった。

殿舎など、どこも基本となる内部構造は似たり寄ったりだ。桃花はだれに案内されるでもなく臥室をみつけて中に入ると、一段高くしつらえられた幄のなかにまっすぐ踏み入り、くだんの火鉢や、綿掛けを入念に観察する。

「綿掛けは臥牀のわきに落ちていたそうです。医官には死戦期の痙攣で落ちたとの見解もあるようですが、じっさいのところは不明です」

「あ、延明さま、これですよ。これが侍女を呼ぶための鉦です」

華允が枕のちかくに設置された鉦をしめした。

常夜灯となる燭台もならんで置かれてあり、なにかがあれば真夜中でも容易に鳴らすことができたと思われる。

――はたして、大長公主がこの鉦を鳴らすことができなかった理由とは、なんであったのか。

炭毒で眠るように意識を失い、死に至ったのか。そうであれば、綿掛けは死に際の痙攣によってずり落ちたものなのだろう。火はそのあとに消えた。

あるいは、火鉢の火が消え、寝ているうちにすっかり体温を奪われてしまったのか。老齢でやせ衰え、体力のない大長公主は、寒さを感じたときにはすでに低体温となっており、どうにもならずに意識を失い、そのまま凍え死んでしまった。その場合、綿掛けは鉦を鳴らそうともがくうち落としてしまったのかもしれない。

掖廷では、一度は夜中に起きて炭を追加させているのだから、火が消えればやはりこれも起きただろうとの意見もあった。しかし逆に、一度起きたからこそ、睡眠が深くなって二度目は目覚めることが困難であったのではとの意見も出て、結論を出すには至らなかった。飲酒という要素もある。

これらの疑問に対して、桃花はいったいどのような鑑定を下すのだろう。

延明が強く興味をもって見守るさきで、桃花は高脚の臥牀の下をのぞき込んだかと思えば、綿敷きのうえにのこされた失禁の痕跡をしらべ、それから四方を囲む緞子の帳をしきりに上げたり下げたりをくり返している。

「どうです、なにかわかりましたか」

つい逸って延明が問うと、桃花は帳から手を離し、そのまま上を指さした。

「延明さま、梯子をご用意いただきたいのですけれども」

「梯子ですか」

思わず指がしめすさきを見上げて、困惑した。

おそらく幄の屋根をさしている。

「この上を見たいと？」

幄と天井とのあいだには、わずかな隙間があるようだった。しかしその隙間にいったいなにがあるというのか。

「臥牀の下に、これがございました」

桃花が手のひらに載せて見せたのは、硬く乾燥した団子だ。

「ああ、これ殺鼠団子ですよ」と、答えたのは華允だ。「医官に訊いたからまちがいないです。罔草の毒が入っているらしいです」

聴取と捜査の指揮を華允に任せ、延明は一足さきに掖廷にもどっていたのだが、そのあいだに華允も見つけていたらしい。

「桃李、まさか大長公主が毒で亡くなったとでも？」

「そうではありません。殺鼠団子があるということは、鼠がいたということです」

「鼠など、どこにでもおりましょうな。冬など、寝ているわれらの衾にもぐりこんで暖を取ろうとする、ずうずうしい個体も多くござりまする」

「そう！　それで寝返り打ったときにつぶしちゃったりするんだよなあ、あれ」

感触を思い出したのか、華允が顔をしかめる。

延明はどういうことかと桃花にさきをうながした。もちろん鼠はいるだろう。どこにでも湧いて出る生き物で、完全な駆除はむずかしい。寝ているときに暖を取りにくることや、耳をかじろうとすることも珍しいことではない。

桃花はどこか眠たげに、天井を指さした。

「炭毒には熱気とともに上昇する性質があるのです。炭毒がなにがしかの理由で多く発生した場合、小動物などの死骸が天井裏からみつかることが多くございます」

言って、それから今度は幄の屋根を指す。

「この場合、天井裏のまえにあの隙間があやしいのでは、と。ちょうど鼠が好きそうな狭さではありませんか。もちろん天井も覗くことができれば、それに越したことはないのですけれども」

「なるほど。ここで火を焚いていたなら、幄のうえはさぞぬくぬくと暖かかったことでしょうね」

鼠にとって、恰好の住処だっただろう。

梯子が用意されると、幄の屋根にかけて華允がのぼった。

長い竹ざおを差し入れて、屋根と天井との隙間を探る。まもなくぽとりとなにかが落下して、華允と八兆が軽く歓声を上げた。

それは桃花の予測どおり、鼠の死骸がふたつであった。

「いったん外へ出ます。よく研いだ剃刀はありますか」

桃花は明るい戸外へと出ると、用意された剃刀で慎重に鼠の毛を剃りはじめる。

八兆が好奇心に目を輝かせてのぞき込んだ。

「それはなにをなさっておりましょうや」

「鼠の検屍をいたしますので、その準備を」

桃花が答えると、「鼠の！」と八兆は吃驚におののいた。延明や華允もおどろき、まじまじと桃花の手もとを見る。

「鼠を、検屍ですか……」

「そんなことできるんですか？」

「はい。死後の死体変化は人と動物、大きな差はございません。虫などはさすがに知識がおよびませんけれども」

なんでもないことのように桃花は言い、延明たちが唖然とするなか、毛を剃り肌を露出させた鼠を矯めつ眇めつ観察する。

「延明さま、記録をお願いいたします。──死斑は鮮紅色。硬直して新鮮。死後一日を越えるようなものではなく、また、腔口内には嘔吐の痕跡も見られます」

「なんと……」

家鼠は冬眠をせず、寒さを感じれば巣など暖かな場所へと移動する性質であることから、幄のうえでの凍死とは考えにくいと桃花は言う。

その後、腹を割いて胃の内容物の毒検もおこなわれたが、殺鼠団子を食べた形跡は見つからなかった。

よって、鼠二匹は炭毒による中毒死と目される。

さらにその後、温めの終わった大長公主には見えにくい傷痕を検出する方法がとられたが、外力が加えられた痕跡はひとつも検出されなかった。

＊＊＊

「はぁー、たまんないわね。羹のおいしい季節だわ。もう羹だけでいいくらいよ。なにもかもお汁のなかにぶっこんだらいいんだわ。ねえ?」

と言いつつ、蒸かした粟は粟でしっかり食べながら、才里はしあわせそうに笑む。かまどで残り火が揺れる厨は、外よりも薄明るく、そしてほんのり暖かい。土間のわきにつくられた女官のための席では、桃花と才里の手燭も光源となり、ふたりの膳を照らしていた。

厨のなかは、給仕をする婢女をのぞけばふたりだけだった。桃花たちが夕餉をとるあいだ、ほかの女官は蒼皇子の沐浴に仕えているのだ。女官の人数こそ減ったけれど、ようやく規則正しい生活が送れるところまでは整ってきていた。もちろん、才里のてきぱきとした采配によるところが大きい。

「ほら、あんたも早く食べなさいよ。せっかくとっておいたんだから」

とっておいた、とは昼間食べそこねた鹿肉と鶏卵の餡かけである。桃花の膳には、飴色の餡がピカピカと輝く一皿があった。

蔡美人お抱えの庖人がつくったものだ。もちろんお相伴にあずかったわけではないが、妃嬪が帰ったあとののこり物をいただこうとしたところで、無念にも検屍に呼び出されてしまったのである。

妃嬪らが帰るまでは配慮して呼び出しを待ったのだ、と使者からは言われたが、どうせ配慮してくれるのなら、検屍現場まで歩き食べがゆるされるようにしてほしいところだと思う。

桃花は緊張しつつ、匙を差し入れた。

ごろんとした鹿肉と黄色い卵、そしてそれらを包む黄金色の餡。ほこほことあがる白い湯気がまるで夢のようだ。餡につかわれているのは黒酢で、香りにはつんとした刺激がなく、芳醇な香気がそれだけで食欲をそそる。

「感動ですわ……」

「おいしいわよ。殿下もめずらしく多く召しあがったの。蔡美人さまさまだわ」

熱々なので、ふうふうと吹き冷ましてから、口に運ぶ。とろりとした餡が舌にひろがると同時に、黒酢の濃厚な風味と香りが鼻をぬけた。鹿肉はやわらかく、かむほどにじわりと肉汁がしみ出し、卵のやさしい甘さと一体になる。

「はぁぁ……おいひいですわ」

「これならいつおいでになっても大歓迎よね。急にきたときはびっくりしたけれど」

才里はすこし落ち着いてきた洟をかみながら、「ほんと突然の来客なんて、どうなることかと思ったわ」と昼間をふり返った。それもそうだろう。宴に見送ったはずの主人がさっさともどってきたばかりか、賓客をともなっていたのだから。

才里は事態を悟ると疾風のように座をととのえ、桃花を中宮への使いに遣った。桃花の役目は中宮から女官を借りてくることで、その間、才里はひとりで時間を稼ぎ、応援が到着するや否や、またたく間に小さな茶席をつくりあげたのだった。

「さすがの対応だと感心しましたわ。わたくし、なんの役にも立てませんでしたけれども」

「役になら立ってるわ。あんたがまえに語った毒のうんちくがなければ、殿下はたぶんひと匙も食べなかったはずだもの。妃嬪がわざわざ庖人を呼んでつくらせたものを食べないなんて、ことだわ」

「それくらいで、と思いたいですけれども……」

「ざんねんだけど、それっぽっちの小さなできごとから拗れていくのが女の世。まさに後宮の人間関係ってものなのよね」

たしかに、否定できないのが厄介なところだ。

そちら方面に鈍感な桃花であっても、蔡美人と虞美人は対等にあつかうべきだと思った。それこそ些細な嫉妬で拗れるからだ。とくに蒼皇子の立場は非常に危ういので、面倒ごとの種を避けるに越したことはない。

「人間関係と言えば、蔡美人と虞美人って、ちょっとおもしろいわよね」

「おもひおいほは？」

料理を口にかきこみながら、才里の話に耳を傾ける。才里はすっかり食べ終えて、仕上げに一杯の湯をもらっていた。

「おもしろいっていうか興味深いわよ、ふたりの関係性。いいこと？　どちらも皇后派で、妃嬪としての階級は『美人』。同格で同時に入内したのよ？　あ、ちなみにご年齢は覚えてる？」

「ご年齢」

覚えているもなにも、きいたことがない気がする。

「蔡美人が十八、虞美人が二十よ」

「才里はなんでもよく知っているのですね」

情報通に感心する。才里を間諜としたら、じつは大変優秀なのではないだろうか。

「なにいってんの、あんたもちゃんと知ってないとだめなのよ。これは席次に直結するんだから」

席次。つまりどちらが上座に招かれ、どちらが下座に着席するかという問題だ。

梅婕妤の〝隠された女官〟であったころとちがい、これからは来客があれば人事を尽くしてもてなす立場になったのだから、たしかに把握していなくてはならない重要事項である。上座に招くべき人物を下座に座らせでもしたら、それこそ大ごとだ。

と、そこまで考えて、おやと思った。

席には賓筵と主筵がある。これは賓位と主位、あるいは上座と下座ともいう席次の礼で、西を賓客の席とし、東をもてなす主人の席とするものである。

賓主の位置関係はもうける席のかたちなど、さまざまな条件下で変化こそするが、きょうの場合は蒼皇子が来客を迎えたのであるから、西に賓客である妃嬪らが座り、東にへりくだって蒼皇子が座ることになる。――ここまでは、よい。

だが上座である西の賓筵にもまた、序列が存在するのだ。

今回は西の席に蔡美人と虞美人が東を向いてならんで座していたので、この二席では南側が上座となる。すなわち格上が座る席であるが、たしか桃花の記憶では蔡美人が座っていたはずだった。

側室としての階級がおなじで入内も同時、そして年齢は虞美人のほうが上であれば、順当に考えて上座は虞美人が座るべき席次である。

「……？」

「どう、わかった？　おもしろいでしょう。つまりふたりのあいだには、なにかあたしたちが知らない理由できまっている序列があるってことなのよ。なにかしらねえ。親の格？　でも親にそこまでの格差があるなら、同格の『美人』を賜るのもおかしな話よね」

年上で背が高く凜々しい虞美人。

年下でふっくらと柔和そうな蔡美人。

このふたりにいかなる理由による序列があるのか――桃花にはまるで興味のない話だ。席次がわかればそれでよい。

「こら、こんなところで寝ないの！　そろそろ殿下が沐浴を終えるころあいよ」

桃花は才里に引きずられるようにして厨をあとにした。

主人である蒼皇子が眠ってくれれば、ようやく侍女も職務から解放される。

この日は才里が故郷の昔話を聴かせてやると、わくわくと興奮した様子ではあったがおとなしく臥牀で横になり、寝たくないという主張をしながらも、いつの間にかしずかに寝息を立てていた。

蒼皇子からは扁若が調薬した沐浴薬の甘く穏やかな香りがただよっていたので、その安息効果もあったのだろうと思う。

才里は寝入った蒼皇子にしっかりと綿掛けをかけてやり、桃花は火鉢の火を確認する。夜明け前まではもつだろう。風のとおりもあり、帳の外側にて焚いているので中毒を起こす恐れはない。

あとのことを不寝番、そして桃花が飾った『度朔山の虎』のお守りにまかせ、桃花と才里は皇子の臥室をあとにした。

通常、不寝番とは侍女による交代制である。身分の賤しい者は貴人の身辺に侍ることは許されないので当然だが、蒼皇子には現在、主たる侍女が桃花と才里のふたりしかいない。

なので本来であれば、桃花と才里で不寝番がくり返される見込みであった。それを回避させてくれたのが点青である。「居眠り女官に寝ずの番はむりだろ」とのことで、不寝番の固定職を設置してくれたのだ。桃花としては、おそらく延明の根回しがあったのだろうと思っている。

桃花は半分目を閉じながら心のなかで感謝しつつ、沐浴であまった湯をもらって顔を洗い、房に向かった。

これからたっぷり朝まで眠れることはうれしいが、足もとから這いあがってくるような寒さだけがつらい。寒さは睡眠の敵だ。

「才里……わたくしは、もうだめです。ここで寝させていただきますわ」

「はいはい、ばかなこと言ってないでちゃんと歩いて歩いて。あんたの大好きなふかふかお衾が待ってるわよ」

「待つだけでなく、迎えにきてくだされればよろしいですのに……」

「よろしくないわ。衾妖怪が迎えにきたとして、そうしたらあんたそのまま通廊で寝ちゃうじゃないの。ちょっと、あと五歩だからがんばりなさいよ！　ほら、ここ！入って、はい、おやすみ！」

「……おやすみなさいませ」

いっしょに団子で寝たいと思いつつ、ぐっと我慢して戸を閉めて、手燭を置いたらもう限界だった。

臥牀（ねどこ）のまえで膝（ひざ）をつき、頭から上半身をもぞもぞと衾（ふとん）に潜りこませたところで力尽きる。もう、寒さで目覚めるまではこれでいいかと思ったところで、声が降った。

「――そのようなかっこうで寝たら、身体半分が凍ってしまいますよ」

笑い含みのあきれ声は、延明（えんめい）だ。

まさに寝ようという、人生でもっとも心地よい時間にばかりあらわれるのはなんなのだろう。延明は睡眠妨害ばかりだと思う。

「ほら、起きてください」

「……わたくし、もうぜったい寝てやるのだという固い決意のもと、目を閉じているのですけれども」

「そのようなことおっしゃらずに。人銜（にんかん）をふたりで空にすると約束を結んだではありませんか。となりに用意してあります」

となり。隠し戸をくぐって入る、密談のための房（へや）だ。

つまり起きあがって移動しなくてはならない。……めんどうである。

「……ところで延明さま、いつからわたくしの部屋に?」

「いまさっきですよ。となりで待っていました。物音がしたので、もどってきたのだなとこちらに」

「……」

「もしかして、おいやでしたか？　たしかに、女性の住まいに勝手に入りこむのは褒められたおこないではありませんが。しかしただ待っていては寝てしまうではありませんか、まさにいまもそうですが」

延明がどこか焦ったように、言い訳がましく言う。

桃花としては、不届きだとかそういうことが言いたいのではなく、もっと都合よくならないのだろうかと不満に思っているだけだ。

眠くなくて、なおかつめんどうな仕事をする直前にあらわれて免除されるなど、なんとかこう、この世のなにもかもがいい具合に楽になればいいと思っている。

あとはそう、待っているときにきてくれるのが一番だ。

待っているときにこず、寝ようとしているときにくるのがめんどうなのである。

友であっても、いやむしろ、友であるからこそ、待っているときにきてくれるのが友情なのではなかろうか。――と、そこまで考えて、ぼんやりと思い至った。

もしかしたら……自分はあのとき、やはり怒っていたのかもしれない、と。

「ところで桃花さん、私はいつまで尻と会話せねばならないのです？　顔を見せてください」

「……じっさい臀部で会話できれば便利ですのに」

「なにを不埒なことを言っているのです」

なにかほんとうに困っている様子であるので、しかたがなしに衾をのけて頭を起こす。ぺたりと床に座りこもうとしたが、そのまえに腕をひかれて立たされた。

「そのような冷たいところに座らないのですよ」

一瞬で距離を詰めた延明を、暗がりのなかじっと見上げる。

涼やかな目に、通った鼻梁。妖狐のように美しく、そしてどこか翳を感じさせる顔貌。

いつもの延明だ。けれども目が合ったとたん、表情の端々になにかぎこちない硬さがよぎったのを感じる。

「……な、なんです？」

「延明さま、いつもとなにか雰囲気が異なりますわ」

「私がですか？　なにをおっしゃるかと思えば」

延明はとぼけて微笑んだ。

「……むしろ、私が私でよかったと思っているくらいです。なにひとつとて変わらない。それがまさか、これほどまでうれしいことかと驚いているほどで」

「それはどういう？」

「人銜を飲みましょうということです」

桃花に対して、完全になにかを隠している。

それは察したけれど、同時に延明がぜったいに話す気がないことも理解した。

おそらく、最近姿を見せなかったこととなにか関係しているのだろうな、などと思いながら、隣室へと移動する。しつこく問い詰める気はなかった。必要なことなら、いつか延明のほうから話してくれるだろう。そのくらいの信頼関係はあるつもりだし、なにより眠い。

狭いくぐり戸を抜けると、房の中央に置かれた几には、向かい合った藺の席がふたつ。そばには小さな火鉢が置かれ、鍋が温められていた。コトコトと鳴る鍋と共鳴するように、無機質な燭台がゆらゆらと狭い房内を照らしている。

火鉢のおかげで暖かな房内は、なおのこと桃花の眠気を助長した。

「……あぁ、酢の香りがいたしますわ」

うとうとしながら着座して、鼻を鳴らす。そういえば、延明がなにか食べ物を用意してくれると言っていた。

「あの……延明さま。昼間食べそこねた料理なのですけれども、けっきょく夜になってからのこりをいただくことができたのです。なので、詫びのような形で料理を供してもらうのは、なんだか申しわけなく……」

「詫びではなく、恒例ではないですか。あなたとこうしてなにかを食すのは。ですのでどうぞお気になさらず。それに鹿肉や卵は手に入りませんでしたし」

延明が言って、鍋から杓子でよそい分ける。湯気をたてながら供されたのは、鶏の骨付きもも肉を甘酢でやわらかく煮こんだものだ。

「給仕は交代でと申しましたのに……」

「私が用意したものですから、これは私が。ああ、そのような顔をなさらずに。桃花さんには酒を燗してもらいましょうか」

言って、延明は酒器をまとめた箱をよこしてくれる。桃花は湯を火にかけて、銚釐を温めた。

ただ静かに食事の用意が整うのを待つだけの時間が、心地よい。

酒の表面から湯気が立ちはじめたところで、杯をならべた。深めの耳杯には蓮が描かれている。

——われらふたり、検屍という、おなじひとつの蓮華のうえに生きている。

いつであったか、延明がそのようなことを言っていた。悪くない、と桃花は思う。

燗をふたつの杯に注いで、ひとつを掲げる。

延明もおなじく杯を手にした。

「では、新年に」

「一年のご健康に」

ようやくの新年のあいさつだ。

口をつけると、酒は燗をしたことで酸味が薄れ、そのぶん際立った穀物香がひろがって鼻にぬけた。

ほう、と息をついてから、肉に手をつける。文字通り手で持って、丸々としたもも肉にかぶりついた。とろけるような皮の脂と、ほどよく引き締まった肉のうまみがたまらない。酢の酸味が脂をすっきりさせ、複雑な香味が肉を引き立てている。

桃花が夢中で頬張ると、延明はうれしそうに目を細めて笑んだ。

「好きそうだと思いました」

さすがよくわかっている。おいしくて、もくもくと食を進めた。

延明も酒をやりつつ料理をぺろりと平らげる。毒で倒れてから痩せてしまった体はまだ完全にはもどっていないように見受けられたが、それでも食欲があることには安堵した。食べていれば、身体はいずれ元通りになるだろう。

きちんと食べているうちにと、脇に置かれていた甕から人銜の薄切りをとりだして小皿に盛った。ちょっと多めに盛ったら、延明はなんとも言えない顔をする。それでも食べてくれたので、自分には蜜の部分をとりわけた。燗で割ると、これがまたじんときく。せっかくなので延明の杯にも足しておいた。

「――さて桃花さん、大長公主の件ですが」

延明は杯を傾けつつ、おもむろに報告をはじめる。すっかりなじみとなったいつもの流れだ。

「はい。どうなりましたでしょう」

「本日のうちに判明したことを、すべて大家に報告しました。炭毒による中毒事故の可能性が強く考えられること、追加した炭に不備があり、それらが燃焼する際に毒が多く出たかもしれないこと。幄のうえからも、中毒死とみられる鼠の死骸が発見されたこと」

話をききながら、骨についた軟骨をかじる。味がよく染みていて、この歯ごたえもいい。

「しかし、気になる点もあるので慎重にしらべたいと奏しましたところ、許可をいただけました。ご遺体は掖廷にてあずかっています」

ごくりと飲みこみ、燗であとくちを芳醇にする。格別だ。

「ようございました」

「それは料理がですか、結論を急がずに済んだ点がですか」

延明は苦笑してから、「それでこの件について、もういちど桃花さんと確認しておきたいのですが、よいですか？」と確認をとる。

「延明さまが慎重になられるのは、珍嶺大長公主さまが皇后派でいらっしゃるから、で合っておりますか？」

「おや、ご存じですか。後宮勢力図には無関心なものかと思っていましたが」

「婕妤さまがきらっていたお相手は皇后派か、もしくは主上の寵愛を受けたかのいずれかでしたから」

　ほとんど寝て過ごしていたが、いちおう侍女の端くれだったのだ。梅婕妤が大長公主をきらって罵詈雑言を吐き捨てていたことくらいは覚えている。

「延明さまは、炭に細工をした人物がいるかもしれないと考えていらっしゃる？」

「ええ、他殺の痕跡がないことは承知しています。しかし炭がなぜ湿っていたのか、それが解明できていません。たんに女官による管理不足で済ませてよいのか、疑問を差しはさむ余地があるでしょう」

　じっさい炭を管理していた女官は、なぜ湿っているのかわからない、おかしいと訴えているとのことだ。これが単に責任を逃れようとしての主張であるのか、そのあたりは慎重にしらべる必要があるだろう。

「けれども延明さま、たとえば故意に湿った炭を混入した人物がいるとして、その目的はなんなのでしょう？　たとえば危害を加えようとするものでしたら、方法があまりにも不確実すぎますわ」

　凍死を狙うなら、炭を湿らせても火が消えるかどうかはわからない。

炭毒を発生させようともくろむのなら、湿らせるよりもほかに方法があったはずで、現状では賭けであったとしか思えない。

なにしろ、湿った炭を焚けばもっとも危惧されるのは爆跳である。

爆跳すれば、大長公主は目覚めるし、女官らも駆けつけてしまう。

それを伝えると延明も杯を置き、考えこむように眉をよせる。

「……そうですね。じつは爆跳が目的であった、など？」

「そうだと仮定しても、それで大長公主さまに危害を加えうるかは疑問です」

火災を起こすことが目的であったとしても、爆跳の音が響けばすぐさまひとが集まり消火されてしまう。

多少のやけどはするかもしれないが、ただのいやがらせ程度にしかならないだろう。

つまり、大長公主に危害を加える意図があるのなら、炭を湿らせるというのはあまりにも方法が不確実に過ぎるのだ。

「たしかにそうですね。しかし目的が直接危害を加えることばかりとはかぎりません。火が消えれば冷えます。爆跳すればケガ、あるいは睡眠を妨害することができるでしょう。恐怖を植えつけることも可能です。これが人為的であったなら、直接殺す意図はなく、いやがらせや脅迫によって弱らせる作戦であったのやもしれません。なにせ大長公主は高齢で、この冬のお加減はよろしくなかった」

「そうであったなら、なんとも気長な細工であるとは存じます」

ほかにもっと効率よく、そして確実な方法があっただろう。

正直なところ、延明の挙げる可能性に桃花(とうか)は懐疑的だ。

「しかし桃花さんにも引っかかる点があるのでしょう?」

延明に問われて、「そうですけれども……」と小さくうつむく。

桃花が気になっているのは、鼠の死骸だ。

幄(あく)のうえから発見された死骸は二匹。小さな鼠と、やや大きめで片方のひげが欠けた鼠である。この片ひげの鼠の体にあらわれていた死斑(しはん)が、なんとなく気になっていた。

腹の脇あたりに、死斑にまぎれるようにしてべつの赤み——紅斑がひろがっているようにも見えたのだ。

正直、だからどうというわけではない。ないのだが、気になっている。

念のため、大長公主の遺体と同様、鼠の死骸も掖廷(えきてい)で保管してもらってはいるが、思い過ごしであるに越したことはない。

桃花はすっかり肉がなくなった骨をしゃぶり、もう一杯酒を進めた。燗(かん)がしみる季節だ。体の芯(しん)からじんわりと熱くなる。

延明も酒が深まり、目じりが赤く染まっている。この夜は、いつもよりも杯を空けるのが速い。

「延明さま、そろそろお酒は切りあげましょう。お体が心配ですわ」

「心配していただけますか、私のような家畜を」

「ひさしぶりに自虐をきいたような気がいたしますけれども、うれしくはございません。わたくしはこの後宮で、宦官の延明さまと友となったのですわ。宦官を貶める言葉は好きではありません」

「宦官ではなく男であったなら、友にはなれませんでしたか？」

どうしたのだろう。

困惑して、正面に平座する友の顔をうかがう。

「……もし延明さまが宦官でなければ、こうして出会うことはなかったと思うのですけれども」

「ええ。そうでしょう。私も宦官でよかったのだと思ったところです。宦官とは子孫繁栄というもっとも重要なる徳を捨てたる身、孝なきひとでなしなのです。父が死しても守る血もなく、命を賭して仇をとる義務もない。なんと身軽なことかと」

桃花が戸惑うあいだに、延明はうつむきながら質問を投げかけてくる。

「――ところで、孝つながりで尋ねますが、桃花さんの父とはいったいどのような人物だったのでしょう」

「え……？」

まるで想定外の問いに、あっけにとられた。

しかしこちらがなにかを言うより早く、延明は微笑みの下にすべてを隠してしまう。

「すみません。失礼な質問でした。忘れてください」

「……はい」

顔をあげた延明は、もうすっかりいつもの表情だ。

「さて、そろそろ暇（いとま）としましょうか。のみ過ぎました」

延明は杯を置き、空になった皿を几（つくえ）から下げる。

桃花も杯をのみ干して、片づけを手伝った。

くぐり戸から帰る際に一度、見送る延明をふり返る。

「おやすみなさいませ」

「ええ、よい夢を」

延明はすべての感情を隠す仮面、『妖狐（ようこ）の微笑み』を浮かべて見送っていた。

それがすこし切ない——桃花は襲いくる眠気のなかでそう感じた気がした。

第二章 折檻

炭がはぜる音で目が覚めた。

室内はいまだ暗く、衝立のわきに置かれた火鉢では湯が沸かされ、すきまからはときおり赤い火がのぞいている。近くには着替えと水の張った盥があった。

――頭が痛い……。

昨晩、のみ過ぎた自覚があった。

余計なことを口にした自覚も、ある。

鋭敏な桃花のことだから、延明が隠しごとをしていることも、すでに確信をもって気がついていることだろう。それどころか、なにやら孝に関することかくらいの予測はついているかもしれない。

それでも根掘り葉掘り尋ねようとしてこないところが、彼女らしい。

桃花は相手の心に寄り添うやさしさを持っているが、相手の領分を守り、けっして踏みこんではこないのだ。

それが延明にとっては心地よく、同時にもどかしくもあった。

踏みこむほどの関心がないのだと、そう思い知らされる心地がする。

——……なにをばかな。

みずから一蹴する。踏みこまれたら困るだけだというのに、なんと愚かしい考えか。

桃花の父がいつわりの検屍でもって、延明の一族を滅ぼした。

桃花の父がいつわりの検屍でもって、延明を宦官という家畜に貶めた。

そのようなこと、言えるはずがない。この事実は桃花を深く傷つけるだろう。

冥府のさきまで持っていかねばならない秘密である。

「延明さま、おはようございます」

延明が臥牀を下りると、気配を察して小間使いの童子が声をかけてきた。

盥を持ってこさせて湯を足し、顔を洗ってみじたくを整える。それから火鉢の近くに座り、髪を結いなおさせた。長い髪が頭頂であらためてきつくひとつにまとめられると、身が引き締まる気がする。ひとまず、羊角氏のことは忘れると心に決めた。

仕上げに宦官帽をかぶれば、仕事のはじまりだ。

官舎から出ると、内廷に張りめぐらされた墻垣は墨のような影を落とし、対する空は淡く紫を帯びた夜明けの色をしていた。

肌がしびれるような冷たい風に身を縮ませながら、掖廷署へと向かう。

目に留まったのは、青白い顔で巡回する小宦官らの姿だ。彼らがそれぞれ手に持つのは小さな棒で、これは防火用水に張った氷を割るためのものだった。彼らはまだ夜も暗いうちに起床し、師父が起きるための準備を整えつつ、持ち場の氷を割って回る。

防火用水をためた水甕は初期消火のためのものであるから、氷が張っているのが見つかれば、怠慢であるとして師父から折檻をうける。内廷での火災はまだ記憶に新しいところなのでいっそうきびしい。しかも今年は厳冬であるので朝のみならず、日に何度も確認する姿が見られていた。

苦労なことだ、と思いながら署に入る。つき従っていた童子が手早く燭台に火を点そうと前に出て、足を止めた。

すでに、中堂には明かりが点っていたのだ。

掖廷令の席の手前でくつろいでいるのは点青だ。ちゃっかり火鉢で暖も取っている。めずらしいことに華允がいっしょだった。

「華允、ずいぶん早起きではないですか」

「さいきん延明さまがお早いので。おれのほうが朝支度が遅いなんてわけにはいきません」

「歳をとると早起きが癖になるのです。子どもはよく寝るように」

「延明さまだってまだお若いじゃないですか。それに一番年寄りの爺はまだ寝てます」

「おいおい、俺は無視かよ」

点青がすねたように言う。

「早起きとはめずらしいですね、点青」

めんどうなので、極上の笑みで言ってやる。「おう」と点青はご満悦だ。

「俺みずから大長公主の櫃を受け取りにきたぞ」

そうだろうなと思った。

大長公主の櫃とは、安処殿の奥室に保管されていた『手札』である。一度目の検屍のあとに、無事回収してあった。

華允に奥から出してきてもらうと、「もうあまり役には立たないかもしれません」と前置きして、延明はひと抱えほどある櫃のふたを開けた。

中身を知らない華允は興味津々でのぞきこみ、怪訝そうに首をかたむける。

「……なんですか、この染みだらけで汚い衣。女物みたいですけど」

「薬ですよ」

「薬？　これが？」と目を丸くする。

櫃のなかに納められていたのは、薄汚れて古びた襦、そして手のひらほどの大きさの素焼きの壺だ。

延明は壺を取りだし、開封してみせた。なかには枯葉を粉にしたような茶色の粉がほんのわずか、すみにこびりつくようにして保存されている。

「延明さま、これも薬ですか？」

「そうです。疱瘡のかさぶたですよ」

「かさぶたぁ!?」

「ええ。大長公主がかつて疱瘡に罹患した際のかさぶた、そして病床でまとっていた衣です。まあ、かさぶたのほうは他人のものも混じっていますし、むしろ大長公主ご本人のものはとうに使い果たしたのではないかと思いますが」

「そんなものが薬になるんですか？」

　華允がふしぎそうに尋ねるが、なるとされているのである。

　疱瘡の生還者が病床でまとっていた衣をかりて三日三晩を過ごし、生還者から採取されたかさぶたを、男は左の鼻腔から、女は右の鼻腔から吸入することにより、疱瘡を体内に持ちこむ邪気への抵抗力を得ることができるのだという。

　つまり治癒させるものではなく、予防薬だ。むしろ、まじないに近いとの印象を延明は持っている。

　へえ、と華允は感心したふうに櫃を再度のぞきこむ。

「でも変ですね。薬なら太医署で管理するのがふつうな気がしますけど」

「餓鬼だな」と点青が鼻で笑った。「太医署に渡したら手札にならんだろ」

「手札？」

「大長公主はこの予防薬を取引材料として、後宮で影響力を誇ってきたんだ。五十年前からずっとな」

華允は「五十年！」と目を丸くする。

点青が言うように、はじまりは五十年前のこと。大長公主・珍嶺は降嫁を目前として、当時後宮内で猛威をふるっていた疱瘡に罹患したのだという。

無事生還こそしたものの、顔にひどい痘痕がのこり、降嫁をあきらめ後宮にとどまることを選択した。皇太后のすまいである東朝にうつるなどの選択肢もあったが、当時の帝にも請われてのことだったという。

「当時猛威をふるっていた疱瘡は、後宮内を混乱に陥れていたそうです。誰某がおこなった呪詛のせいだ、あるいは寵姫を亡き者にするために誰某が疱瘡を故意に持ちこんだのだなどの臆測が飛び交い、根拠のないままに報復合戦がおこなわれるというありさまであったのだときいています。治療の甲斐なく、多くの死者がでてしまったのだとも」

「そ。で、その平定を仰せつかったのが、疱瘡から生還した珍嶺公主だったってわけだ。珍嶺公主は自分のからだから採取したかさぶたと、病床で着ていた襦を取引材料としてまず女官を取り仕切り、暴室に押しこめられた患者どもからも『薬』を回収、それを駆使して後宮内の混乱を収め、みごと絶大な力を得ることに成功したってわけだ」

「へえ……」

「そうして大長公主が得た力は当時の皇后陛下による後宮管理につかわれ、大いに役立てられたといいますね」

それから時が経ち、玉座の交代があって後宮は入れ替えとなったが、『公主』から『長公主』となった珍嶺は後宮にとどまることを選択した。

疱瘡の流行はおさまっていたが、留め置きとなる下働きの女官らにはいまだ恐怖がのこっていたからであり、また万が一、帝の御子が発症した場合、看病にあたれるのは疱瘡を克服したものだけである。貴人である珍嶺が世話にあたれるというのは非常に大きかった、というのが表向きの理由だ。

じっさいには、皇太后となった旧皇后の強い要請があったためと言われている。珍嶺長公主は皇太后のうしろだてを得て後宮にそのまま君臨し、あらたな皇后に対しても大きな発言力を有した。それは太子の妃えらびにもおよび、珍嶺長公主による強い推挙で冊立されたのが、当時の太子妃である許氏であり、現在の皇后許氏なのである。

と、そこまで説明すると、華允は「そうか」と手を叩いた。

「だから扁若のやつが、大長公主は皇后派の要人だって」

「ええ。大長公主の御生母が許一族の分家筋だったのです。近年では本家の失脚や梅氏の台頭があって、なかなか力を揮えずにはいましたが」

それでもやはり、後宮で子を授かった側室にとって、これは喉から手が出るほど欲しい手札なのだ。せっかく御子を産もうとも、万が一疱瘡に罹患すれば四割ほどが死に至る。そして生還したとしても、御子の顔にはひどい瘢痕がきざまれてしまう。

「しかし、これっぽっちかぁ……」

点青はむずかしい顔で壺を手にし、几に片肘をついた。

「最近ではすっかり効果のほども怪しくなっていたというし、所在知れずとして処分するのも手かもしれんな。もちろん田寧寧に使ってからだが」

「かさぶたなど継ぎ足し継ぎ足しとはいえ、もう五十年経っていますからね。むしろよくのこっているほうだなとは思いますが。まあ、盗まれるまえに回収できただけでもよしとしましょう」

「よしだあ？　どこがだよ。大長公主の死だけでとんでもない損失だ」点青はそう言って、ぐっと声を低くした。「で。ほんとうに事故死なんだろうな？」

「それはまだ吟味のさなかです」

「魚中常侍が関与していたらシャレにならんぞ」

わかっている、と目で答える。華允が意味を問いたそうにしているので、「警備の問題ですよ」と教えた。掖廷官の業務外の事柄だが、知っておいたほうがいいだろう。

華允(かいん)は延明(えんめい)のそばにいることが多く、否応(いやおう)なしに巻きこまれる恐れもある。

「よいですか、宮城を警備する職には三職あります。せっかくですからこの機会に覚えなさい。宮城のもっとも外側、殿外の門署をつかさどるのが『衛尉(えいい)』。それよりうち、殿門から殿下までの郎署をつかさどるのが『光禄勲(こうろくくん)』。そして禁門とそのうちにある鉤盾署(こうじゅんしょ)をつかさどるのが『少府(しょうふ)』。いずれも秩石(ちっせき)中二千石にして、爵位は卿(けい)を有する職です」

「九卿のうち三卿によって三重に守られているってことですね」

「ええ。ただこのうち、もっとも最奥を護(まも)る少府は宦官(かんがん)がおもに勤めておりますので、大家(ターチャ)の伴伴(パンパン)である中常侍(ちゅうじょうじ)の影響をうけないとは言い切れません」

中常侍の名に、華允はすこし戸惑ったようだった。

しかし華允も知っているだろう。中常侍が皇后とは敵対する勢力であるということも、もちろん延明が皇后派であることも。

「……つまり延明さま、禁中は中常侍の支配下となることも有りうる、それが不可能ではない、ということでしょうか」

「そうです。ただし現実的ではありません。なぜなら、禁中に武器を有している宦官はおらず、禁中をとり囲んでいるのは、武器を有した光禄勲の勢力であるからです。宦官がなにかことを起こしても、光禄勲による鎮圧が可能であるということが抑止力となっています」

「おう。そのさらに外側は衛尉によって包囲されているともいえるしな。ただ、この光禄勲の護りが、大長公主の死によって揺らぐことになるかもしれん。いまの光禄勲は、大長公主の縁者だ」

　正確にはいとこの子で、この光禄勲は大長公主を公然と『もうひとりの我が母』とあおいで親しくしていた。よって、喪に服せと迫られる可能性が非常に高い。

　喪に服するには官職を返上せねばならず、職にしがみつけば不孝者のそしりをうける。高官の服喪は帝が慰留すればおこなわずともよく、これはあくまでも実母の死ではないので形式上の「服喪します」「せずともよい」というやりとりで済む事柄だが、帝の伴伴である中常侍が口を挟まないともかぎらない。

　――大長公主の死が、もし中常侍が関与したものであったなら、危険だ。

　史書を紐解けば、時の皇后や宦官などが内部から殿門を封鎖し、みずからにとって都合のよい幼帝を玉座につけてしまった例もある。場合によっては同様の事態が起きかねない。

「ですので華允、炭の管理について、朝一でもう一度くわしくしらべてもらう必要があります。作為のあるなしを徹底的に洗い出さねばなりません」

　桃花は懐疑的だったが、このような時期にこのような形で殿門にかかわる大長公主が亡くなるなど、中常侍にとって都合がよすぎるのだ。

「点青、あなたの情報網にもなにか引っかかっていないのですか？」

「ん？　炭の件か。むずかしいなぁ。安処殿は侍女をはじめ枯れた女官ばかりで、色仕掛けにかかりそうな女も少ないことだしな」

訊いたのは延明だが、なかなか失礼な事を言っている。

華允まで「八兆みたいなのがいっぱいいた」などと同意する始末だ。

だがたしかに、安処殿の平均年齢が高いのは事実だった。これは大長公主が古くからの使用人を大事にしているからであり、また、あらたな人員を入れることを好まない性格であったからでもある。

開放的につくられた安処殿とは真逆に、限られた狭い人間関係を好むひとだった。

「それに、炭はだれでもどうとでもできたんじゃないか？」点青は火鉢の炭を火箸でつついて遊びながら言う。

「あそこは年寄り女官が多くて、よその殿舎からの手伝いがしょっちゅう出入りしてただろ」

「あ、わかります。おれもきのう聴取にあたりましたけど、まず炭に近づけた人物を特定するのがむずかしくて。きょうもどこから調べたらいいか、ちょっと迷っているところです。どうも炭自体はとなりの鳳凰殿から持ちこまれた物だったみたいなんですけど」

鳳凰殿は田充依のすまいだ。

「では、鳳凰殿でも聴取をするしかありませんね」

「はい。ただ、その鳳凰殿もまた出入りが多いんです。田充依とつながりがほしい妃嬪がしょっちゅう出入りをしているようで、とくにあの、あたらしい側室の……」

「虞美人と蔡美人ですか」

「そうです、そのふたりをはじめとした従者たちもなんです」

延明はざっと聴取対象の人数を計算し、軽く頭をおさえた。

「しかたがありません。順に対象をひろげていく形をとるしかないでしょう。まずは鳳凰殿の炭にかかわる人物、それから安処殿に出入りをしていた者、各使用人。虞美人らは最後です」

頼みましたよと言うと、華允はりきって背筋をただした。

点青が櫃をもって帰ると、それを見計らって童子が朝粥を用意してくれる。華撥が入った粥で、体を芯から温める作用がある薬膳粥だ。

華允とふたりで食べながら、いくつかの仕事を片づけつつ始業の刻を待つ。

鐘がなったところで、華允はよしと勇んで聴取へと向かっていった。

ところが、である。

華允からの使者が急報をたずさえてもどってきたのは、それからいくらも経たないうちのことだった。

鳳凰殿敷地内にて、死体発見のしらせである。

＊＊＊

「紅子！」

才里がまっさきにその姿を見つけて呼びかけると、椒房殿の階下に立っていた大勢の女官のうち、よく見知った三白眼の女官がふり返った。

髪は倭堕髻に結いあげ、貝の笄をさしている。すっかり別人のような身なりだ。

「才里に桃花じゃないか、ひさしぶりだねえ！」

三人で駆け寄ると、たがいが厚遇されていることがひと目でよくわかる。才里がよかった、とつぶやくのがきこえた。

「なんだいふたりとも、立派ななりしちまって。どこの妃嬪のおつきになったのさ」

「妃嬪じゃないのよ」

ここ中宮の椒房殿からは、五色の瑞雲で彩られた孺子堂がよく見えた。才里がいたずらげに笑ってそちらを視線でしめす。

「あたしたち蒼殿下にお仕えしてるのよ。おどろきでしょう？」

紅子は目を見開いて、口をぱくぱくとさせた。

「え、な、なんで？」

「蒼殿下が、見知った女官をそばに置きたいって願ったそうなの。それでほら、あたしたちなら梅婕妤のもと侍女だけど、梅婕妤とは縁も切れていて絶妙な立場じゃない？　適任ってことで」

「ああ、なるほど……」

才里が嘘でもない理由を捏ねると、紅子は納得したようだった。

「しかしよかったねえ。この冬はほんと寒くてごろごろ死人が出るし、心配してたんだ」

「おたがいこれで衣食に不足して寒さに凍える心配はなくなったわね。ほんと、よかったわ」

三人で輪になって、きゅ、と軽く腕をまわし合う。

「ところで、紅子さんは中宮へはどのようなご用向きで？　田充依さまのつきそいでしょうか」

紅子の主人は二区鳳凰殿にすまう田充依だ。

階下には輿(こし)も停められているので、まちがいないだろう。しかし、侍女が階下で待機とはめずらしい。

紅子(こうし)は「そうそう」と肯定してから、周囲の視線をはばかるようにして声を潜めた。

「じつはさ、今朝、うちのところで殺しがあったんだよ」

「殺し!?」

「しっ、声が大きい」

たしなめられて、才里(さいり)がみずからの口をふさぐ。

「今朝、どなたかが殺されたのでしょうか？」

桃花(とうか)が尋ねると、紅子は「あ、ちょっとちがうな」と頬をかく。

「ごめん言いかたがまちがってた。今朝、死体が見つかったって言えばよかったね」

紅子によると、亡くなったのは朱夏(しゅか)という名の女官だという。

田充依(でんじゅうい)の鳳凰殿(ほうおうでん)に仕える女官で、朝の始業時刻になっても姿を見せないことから同僚がさがしたところ、死体で見つかったとのことだった。

現在、すみやかに掖廷(えきてい)のしらべが入っているという。

「凍死じゃなくて、殺しなの？」

才里が「怖いわね」と言いつつ、根掘り葉掘り訊き出そうと目を輝かせた。

反対に、紅子の表情は浮かない。同僚から死人が出たのだからそれもそうなのだが、どこか落ち着かない様子が見てとれた。

「あたしは見てないんだけどさ、折檻をうけて……私刑にあったような感じだって」

「私刑って、そのひとなにかしたの？」

才里が問うと、紅子はわずかに言い淀む。

「……してないって言い張っているのが問題ってところかな」

「それってどういうこと？」

これにはゆるく首をふるだけだ。言えることと言えないことがあるのだろう。あるいは、その判断に迷っているのか。

「よくわからないけど、その朱夏ってひとは下っ端ではなさそうね。始業時刻に姿を見せない、なんてことは五人房では難しいもの。自分の房をもつ侍女とかかしら」

「そうそう。よくわかったね。でもまあ、死体で見つかったのは自分の房じゃなくて、泊まりこみをしていたさきでのことなんだけれどもさ」

泊まりこみ？　と桃花と才里は顔を見合わせる。

侍女が泊まりこむさきといえば、主人の臥室に隣接した不寝番くらいなものだが、どうもそういう話ではないらしい。

「ほら、きのう大長公主が亡くなったろ？　そのときに臥室で焚かれていたはずの炭が、夜のうちに不備があって消えていたらしいんだけど……。その炭、じつは出所が火が消えていたことは、才里にとっては初耳の情報だ。大長公主の死因についてはいまだ伏せられているが、高齢であったことから病死や衰弱死を想像していたのだろう。俄然興味が湧いた様子だった。

「まってまって、火が消えたことと、大長公主さまが亡くなったことってなにか関係しているの？」

「そ、それは知らないけどさ。ちょっと近……」

「それでそれでそれで？」

「落ち着いて……。それでさ、炭をふくめた物品庫をまかされていたのが朱夏なんだ」

「あらじゃあ、その朱夏さんの手落ちだったってこと？」

いや、と紅子はむずかしい顔で下を向く。

「それはわからない。でも女官のなかでは朱夏を責める意見も多くて……大長公主のところの炭担当女官も、朱夏が湿った炭をよこしたせいだって主張しててさ」

紅子はくちびるを引き結んだ。その表情はあまりに悔しげで、朱夏と紅子が親しかったことを感じさせた。

紅子はさらに低い声で絞り出すようにして言う。

「うちの物品庫で……」

「え？」

「そいつ豕豕って言う横にでかい女なんだけど、えらそうに怒鳴りこみに来たんだ。朱夏のせいで、掖廷の取り調べをうけなくちゃいけないって。安処殿を敵に回したのとおなじだから、ゆるさない。掖廷にあることないことを吹きこんで、田充依の評判を落としてやるって」

「そのようなこと……」

八つ当たりにもほどがある。

才里は「いるわよね、そういう女」と顔をしかめていた。

「そういうことがあってさ、こっちの女官でも一部、朱夏のせいで大変なことになったって腹を立てる連中がいたんだよ」

「ばっかじゃないの。悪いのはその豕豕って女のほうでしょ」

「まったくもってそうさ。でもどこにでもいるんだよね、弱いほうを責めて正義感ぶるやつって」

そうして豕豕と同僚女官の双方から責任を追及された朱夏は強く反発し、「ではこれからは寝食を物品庫でおこなう。そうすれば管理不備をだれも疑わなくなるだろう」と憤り、昨夜はその言葉どおりに物品庫で寝泊まりをしたものらしい。

「それで、朝になったら殺されていた？」

「そういうこと……。朱夏はすごく礼節の身についた子で、ふだんは年長者や格上の女官に逆らったりなんてしないんだ。でも今回ばかりは素直に非を認めないどころか、言い返したりもしてたもんだから、よけい反感を買ったんだと思う」

「折檻や私刑にあったってことね？」

「たぶんね。まだ田充依は側室になって日が浅いから、女官の歯止めがきかないところがあるんだよ……」

田充依は繊細な人柄であると伝えきく。

側室となり、急ごしらえで集められた烏合の衆を束ねるには、多少荷が勝ちすぎているのかもしれない。

「なんだかいやな話だわ。女のいやなところ満載な事件！」

「そう。まあ、そういうわけで、懐妊中の田充依がまいっちまってさ。なにせ自分の敷地内で発生した殺しだろ？　胎の子に悪い気が宿らないか不安でたまらないってことで、こうして皇后さまにご相談にあがってるってわけだよ」

重要な話もあるようで、紅子たちは人払いをされたということらしい。

「――で、あんたたちはなんでそんな暇そうにしてるんだい？」

事情を話し終えた紅子がこちらに尋ね返す。

その表情は無理に笑っているように見えた。

「暇ではありませんわ。ミミズ探しです」

桃花は、手にしていた杓子と小さな麻袋をかかげて答えた。こういうときは、ふつうに接したほうがいいのだろうと思う。

「ミミズぅ？」

「そ……殿下がほしいんですって。鶏のエサにするのだそうよ」

蛇やミミズなどのにょろにょろしたものが苦手な才里が、虚無の目をして言う。ちなみに才里の袋は空で、桃花の袋にはすでに二匹入っている。

「へえ、殿下は鶏を飼ってらっしゃるのかい？」

「飼ってらっしゃるのは虞美人さまですわ」

「ん。どういうことだい？」

「それがね、話せば長くなるんだけど」

「あ、長いのは勘弁」

「ヤダまって、短くするからきいて！」

階下にもどろうとする紅子を引き留めて、才里は事情を怒濤のごとく語った。

きのう虞美人と蔡美人が訪れたこと。虞美人が自家製の新鮮な卵を手土産にくれたこと。その鶏について話を伺ったところ、飼っているのは庭をトコトコ歩く鶏ではなく、闘鶏であったこと。そして虞美人が滔々と語った闘鶏愛に、蒼皇子がすっかり興味を持ってしまったこと。

「――ってわけで、このあと虞美人の殿舎に闘鶏を見に行くことになったんだけど、手土産のひとつとしてミミズがほしいって殿下がおっしゃるのよ」

才里はもはや半泣きだ。

「手土産にミミズって、なんかすごいねえ」

正確には、土産というよりは自分で餌やりがしてみたいのだろうと思う。きのう、虞美人の闘鶏はミミズが好物だと言っていたから。

「おっと、そろそろまずいな」

椒房殿の階のうえで動きがある。

紅子はふたりの肩を叩き、

「じゃあ、ミミズ採りがんばりなね。話せてよかった！」

と小走りでもどって行った。

桃花たちも手をふり見送って、どちらともなく視線を交わす。

「……紅子、元気そうであんまり元気じゃなかったわね」

「ですね……」

「そりゃあ仲間内で殺しなんてあって、ピンピン元気っていうのもへんだけど」

才里も心配するように、紅子はどこか心労があるようにも見えた。

つぎ会えたときにはもう少し踏みこんで話をきいてみようとふたりで約束し、いざふたたびミミズ探しの旅にでる。

「……それにしても、よ。あのおいしかった卵も、にょろにょろを食べてつくられたものなんだって思ったら、あたしもう二度と食べられないかもしれないわ。つぎまた持ってきてくださったらどうしようかしら」

「どのみち鶏卵など、人生でそう幾度も食べられるものではありませんわ」

それに冬は卵をほとんど産まないのだという。

今回は蒼皇子のために埋み火を用いて鶏小屋をあたため、産卵をうながしたのだという話だった。特別だったのだ。

「なに言ってるの。殿下もお喜びだったじゃない。ぜったいまた持ってくるわよ」

「そういうものでしょうか」

「側室として入内したんだもの、どうやって主上とのつながりを得ようかと内心必死なはずよ。お手もつかないまま東朝行きになったら恥をかくもの。それで考えたのが皇子から取りこんでいこう作戦ってことでしょ」

いわゆる初夜をともなう儀礼は、皇后冊立以外はおこなわれる規定がない。後宮入りした時期によっては、帝の横顔すら目にすることもないまま東朝行きとなる側室もいる。だからみな、あの手この手で枕席に侍ろうとするとのことだ。

「そういう意図があるなんて、考えてもみませんでしたわ……」

「許氏派の妃嬪ですもの、ただ待ってたんじゃ主上に呼ばれもしないわ。殿下と親しくなったあたりで、買収した宦官に評判をとどけさせるのよ、『母族の罪で孤独になった皇子を慈しむ妃がいるようだ』ってね。若い妃嬪だし、入ったばかりだし、主上もきっと興味を持たれるわ。ついでに主上のお気に入りになっている田充依とも親しくしておきたいところよね。運よく主上と鉢合わせできるかもしれないし、なにかのおりに同席させてもらえるかもしれないし」

「なんだか、才里ってすごいのですね」

そして後宮という場所は、とことん桃花に向かないなと思う。

「もう、あんたがぼーっとし過ぎてるのよ。ちゃんと状況を見ておかないと殿下はただ利用されるだけの存在になってしまうわ。あたしたちがしっかりしなくちゃ！」

「頼もしいですわ」

侍女としてはとくに役立たないので、せめて才里のぶんもミミズ採りをがんばろう。

桃花はそう心に誓った。

＊＊＊

大長公主の安処殿。

田充依の鳳凰殿。

このふたつの殿舎はおなじ二区のなかに存在し、かつ、近接している。それは皇后がそのように取り計らったためである。

すなわち、田充依の産後には大長公主が強いうしろだてとなって付き、側室としての発言力をあたえ、後宮の要とする目算だったのである。

田充依もこれを承知していたため、鳳凰殿にすまいを移してよりずっと、大長公主の安処殿と行き来をし、親交を深めてきた。さらには主従ともに高齢でなにかと行き届かない箇所の多い安処殿に対して、さまざまな支援や介添えもしてきたようだ。

炭もまた、そのうちのひとつであったようである。

「高齢の大長公主はとにかく寒さをきらって、無尽蔵に火を使うそうです。日中は殿舎のどの場所もつねに暖めておかねばゆるせないくらいだったとかで。それを知った田充依が、ぜひ自分のところの炭を使ってほしいと申し出たんだとか」

延明がようやく急ぎの仕事を片づけて二区へと駆けつけると、華允が待っていた。

これまでの報告を聴きながら、死体発見現場へと急ぐ。

「あの、ちょっと訊いてもいいですか？」

「なんです」

「この『ぜひ使ってほしい』っていうの、『お金が大変だろうから援助しますよ』を角が立たないように言い換えただけですよね」

「直截に言えばそうです」

「でも大長公主ともあろう立場のひとが、援助をうけるって、なんか変じゃないですか？　高齢で力仕事がたいへんだっていうのはわかります。けど炭ですよ。お金持ちですよね？」

「私などよりは、比べようもなくそうでしょうね」

珍嶺大長公主の珍嶺は、名ではなく湯沐邑の地名である。湯沐邑は化粧領ともいい、ここからの税収がすなわち収入となっている。

しかし、この珍嶺の地があたえられたのは、五十年もの昔の話だ。

「五十年前に二県分の税収があるとしてあたえられた湯沐邑ですが、その後、災害や農戸の流出などがあって、税収自体は下降の一途であったようです。まあ、そうは言ってもわれらのような身からすれば天上の暮らしができようものですが、なにせここは後宮です」

後宮の物価は市場の数倍となる。帝から寵愛という名の贈り物もなく、しかも大長公主としての面子を保つだけの生活をし、なおかつ贅沢をしようものならそれは足りぬところが出てくることもあろう。

華允は「後宮って生きづらいですね」などと他人事のように感心してから、もとの話題にもどした。

「ええと、それで死体で見つかったのが、その田充依のもとで炭などの物品を管理していた侍女で、名を李朱夏といいます。この朱夏が数日おきに大長公主の安処殿へと石炭と木炭の運びこみをおこなっていたとのこと——まあ、じっさいに運ぶのは下級女官ですので、その責任者というだけの話ですけど。今回、死体発見現場もその物品庫内です」

死体にはあきらかな外傷があるという。

田充依の鳳凰殿に到着すると、すでに掖廷官が多数、騒然とする女官たちの対応にあたっていた。これらの指揮をとったのは華允だ。

こちらです、と案内されたのは、正房からだいぶ離れた場所に立つ倉庫だった。

倉庫のまえでは運び出された遺体が筵に寝かされ、八兆による検屍をうけている。

「これは掖廷令。まもなく終わるところにござりまする」

「邪魔をしてすみません。検屍結果を尋ねてもよいですか」

「ではこちらに」

延明は八兆のわきに膝をついた。記録は壮年の掖廷官が筆を執っている。華允がそれを横から見せてもらっていた。

「遺体は二十二歳、李朱夏のものに相違ございませぬ。田充依の侍女のひとりで、階級は秩石二百石の『順常』であるとすでに確認がとれておりまする」

八兆の説明をききながら、全裸で横たわった遺体を確認する。

筵のうえであおむけになっているのは、小柄で色白な女だった。

両手のひらは軽く握るようにし、胸のまえで腕を屈曲させたまま固まっている。脚の屈曲はわずかだ。この、生者の寝姿とはあきらかに異なる硬直姿勢が、死という無機質な残酷さをまざまざと見せつける。幾度検屍に立ち会っていても、いまだこの死の冷たさを実感しなくなることはない。

この朱夏という侍女は、生前おそらくかわいらしい顔立ちをしていたのだろう。だがいまや目は半開きでうつろ、その周囲は土が混じった涙の痕がありありとのこっている。小さく整った鼻からも洟がたれ流された形跡があった。

そして特徴的なのは、大きく開かれたままに硬直している口だ。

「この口は……」

延明がのぞきこむと、八兆が筵のわきを指ししめす。

「あれが口腔に詰め物としてねじ込まれてござりました」

八兆が指したのは、女性のこぶしほどもある布塊だった。血と唾液にまみれてそっと置かれてある。

「これが、口に……」

「さようにござりまする。この女官は口に詰め物、そして両手首は胸のまえにて拘束された状態にて発見されましてござりまする」

「むごいことを」

延明は瞑目し、それから八兆に視線で検屍結果の説明をうながした。

八兆はまず「他殺ですな」と結論を述べてから、硬直した死体をごろりと横に倒してみせた。

死体の臀部から大腿部にかけて、棒状の打撲痕があまたはっきりと刻印されている。宦官には日々の生活で見慣れたもので、あきらかに折檻や私刑の痕跡だった。

「まず、これらはすべて他物による打撲痕でござりまする。偽装されたものではなく、死後につけられたものでもござりませぬ。斜めに長い打撲痕の形状からして、凶器となった他物は棒状。幅は三分（約七ミリ）にて、折檻に使用される杖と一致しておりまする」

言って、死体をもう一度あおむけにする。

「身体の右側面をご覧くだされ。死斑は右側面に集中しておりまする。これは発見時の姿勢と一致。両手首を胸のまえにて拘束されてござりましたゆえ、腕を曲げて両手首を胸のまえに掲げる形にて、身体の右を下にして倒れておったのですな。膝は当時、屈曲。しかし脚の硬直はまだゆるく、検屍中にこのようにほとんど伸びるくらいにござりました。よって死後半日は経過しておらぬものと推測いたしまする」

それから脱がせた深衣と内衣を提出する。

「着衣に失禁の痕跡有り。血尿にござりまする。臀部や大腿への殴撃が深刻であるばあいに内臓が侵され血尿となる、とされておりまする。ゆえに、わたくしめはこれによって殴殺であると鑑定をいたしまする」

「死斑は鮮紅色の箇所がありますが」

「打撲痕と血尿の深刻さから見て、これを凍死や炭毒とするのは無理がござりまする」

「なるほど。ありがとうございます。邪魔をしました」

礼を言い、片づけに入るよう伝えた。死体は掖廷にて管理する。

延明は近くで焚かれていた避穢丹の煙を浴びてから、殺しの現場となった室内に踏み入った。華允も案内を兼ねてついてくる。

入り口は、南に面した壁の右端に切られていた。

風よけの帳をくぐると、なかは土間で、物品庫ときいていたが非常によく整理されていた。おどろくことに、生活ができるように空間が整えられているようだった。

櫃や棚は奥にまとめられ、山積みになった炭に寄り添うようにして、臥牀が置かれている。それより手前が四角くきれいに空けられた生活空間だ。

几こそないが、応接ができるように茣蓙で席までしつらえられ、戸の近くに一席、そして入り口から見て左側に一席と、対面して設置されている。

その二席のちょうどあいだに、土が荒れた形跡があった。

華允はそこを指さして、「ここが朱夏が倒れていた箇所です」と伝える。「ここで暴行を受け、そのまま倒れたんだと思います。物品に荒れた形跡はありませんでした」

延明は土間の痕跡を荒らさぬように避けて奥へ行き、積まれた炭を確認する。菰で巻かれた良質な炭だ。ざっとしらべた結論に過ぎないが、よく管理されているように見えた。

「この朱夏という女官はずっとここで寝泊まりを？」

「いえ、正房のうらに自分の房をもっているようです。けれど炭の件で同僚らに責められて、売り言葉に買い言葉のようなかたちでこちらへ住まいを移したばかりだったみたいです」

「責められた、ですか」

「はい。おまえのせいで大長公主が亡くなった、おまえのせいでみんなが責めをうけたらどうする気だ、といった内容だったみたいです」

大長公主の安処殿で炭を管理していた豸豸は、炭が湿っていた理由について心当たりがないと主張している。

真実のほどはともかくとしても、大長公主の女官が主張すれば、主人の格で劣るこちらの女官のほうが圧倒的に不利だったろう。同僚女官らは自分たちにまで火の粉がおよぶことを恐れ、朱夏（しゅか）を責めることで難を逃れようとしたのか。

結果、朱夏は炭の管理は万全だったと反発し、物品の不寝番ができるよう倉庫に住まいを移した。

「朱夏が最後に会った人物の特定など、現在わかっていることは？」

問うと、華允（かいん）は外で待機していた掖廷（えきてい）官を呼び寄せた。死体発見から延明（えんめい）がやってくるまでのあいだ、訊（き）きこみにあたらせていたのだという。

「ご報告申しあげます。女官、李（り）朱夏について、最後に目撃されたのは夕餉（ゆうげ）の厨（くりや）。食事をとっているところのようです。これは多数の者が証言しております。しかし、それ以降について語るものは現在おりません。また、みな一様に口が重く、箝口（かんこう）の意志があるように見受けられました」

「どういうことです」

延明は冷笑した。

「どうも、朱夏が死んだのは本人のせい、とする考えが根底にあるようです」

要するに、鳳凰殿（ほうおうでん）の同僚女官らは反抗的であった朱夏が悪いとの考えであり、折檻は正当であったと思っているわけだ。だからこそ、折檻におよんだと目される連中をかばいだてしようとしている。

「それと延明さま、鳳凰殿のあるじである田充依ですが、現在中宮にお出かけされています。すみません、お止めしたかったんですけど……」

華允がやや申し訳なさそうに言う。しかし相手は側室である。下級宦官では外出に口出しなどできはしない。

「懐妊中ですから、穢れを避けてのことでしょう」

正直なところ、自分の責任下にある敷地内で死体が発見されたのだ。穢れを厭うまえにやるべきことがあるのではと思わなくはないが、もとより気の小さな娘である。致し方ない。

「では私も中宮へ向かい、協力を仰いできます。その間に、聴取にあたる掖廷官の再編成をおこなうように。二班編成にて、一班は安処殿での捜査にあて、二班は鳳凰殿での捜査にあてます。安処殿は用意が整い次第開始、鳳凰殿は田充依の許可を得られ次第、徹底的なしらべをおこないます」

指示を出し、延明はすぐさま中宮へと発ったのだった。

その後、中宮にて延明が拝謁すると、田充依は敷地内における掖廷官の頻繁な出入りや聴取に関して拒否する構えを見せたが、皇后のとりなしによりしぶしぶこれを許可とした。

よって鳳凰殿では、朱夏殺害における捜査、ならびに大長公主の臥室における炭の不管理に関する捜査、このふたつが並行するかたちで徹底的におこなわれたのである。

とくに李朱夏の件に関しては、被害者を折檻できる位を有する者は限られており、容疑の対象は同格で年上の女官、あるいは完全に格上の女官にしぼられている。近接する安処殿との行き来が自由であったことから多少対象はひろがったものの、まもなく解決を見るものとだれもが予測していた。

ところが――。

「――だめです。朱夏死亡までの足どりがいっさい追えていません」

華允が焦燥濃い表情で報告をあげるのを、延明はただ渋い思いで聞くしかなかった。

「厨で夕餉を食べたあとの情報が、なにひとつあがってこないんです。犯人が黙秘するのはわかるとしても、ほんとうにだれもなにも見ていないのか、それとも見たことをしゃべるまいとしているのか、それすら不明です」

「これは、思いのほか女官らの結束が固いのかもしれません」

朱夏ひとりを責めることで火の粉を払おうとするような女たちだ。聴取ですぐぼろを出すかと思ったが、見通しが甘かった。

朱夏が悪いと思っているからこそ、悪びれもせず情報を隠し、堂々としていられるのだろう。おどおどとされるより、やりづらい。

「それとどうも、朱夏が折檻された当夜、蔡美人の出入りがあったらしいんです」

「蔡美人？」

蔡美人はふくよかな体格の妃嬪で、あかるく社交的。小柄で気弱な田充依とはまるで対照的ではあるが、おなじ許氏派に属する立場である。

交流があるのは知っているが……。

「なんでも田充依と杯を交わしにきたとの話です。ただ、詳細をしらべるには蔡美人のほうでも話を訊かないといけなくなります」

延明はこめかみを押さえた。

妃嬪の来訪であれば、とうぜん侍女らを引き連れてのことだっただろう。炭の件だけでなく、朱夏の件までぐっと捜査対象がひろがるではないか。

「わかりました。蔡美人に話を通します」

「最後に、ひとつだけ朗報が」

華允が表情に、わずかに自信をのぞかせた。

「聴取の最中、鳳凰殿の侍女、宋紅子という女官がもっともあやしい挙動をしていました。いかにもなにかを隠している様子で。朱夏より格下ですので犯人としての条件からは外れますが、なにか知っていると見られます」

「では、その女官を徹底的に詰めなさい」

——宋紅子。知った名だ。

たしか織室で桃花と同房であった女だ。

桃花に怒られる可能性が頭をよぎったが、しかたがない。

突破口が見当たらないのだから、この女の口を割らせることが最重要である。

延明はそう覚悟を決めたが、紅子もまたなにも語らないまま、無為に二日が経過することとなるのだった。

＊＊＊

「あれ、なにしてんのかしら……」

孺子堂のなかから外を眺めて、才里が言う。

これ以上なく胡乱な顔で才里が見つめるさきにいるのは、扁若である。

孺子堂のまえの広場でひとり、なぞの動きを見せているのだ。

足を肩幅に開いて立ち、ひどく緩慢なしぐさで両手をあげ、天を押し上げるようにしたかと思えば、今度は膝を曲げて腰を深く落とし、上体をまえに倒しながら猫が宙をひっかくような不思議なしぐさを全身で演じている。いずれの動作も指一本の曲げ伸ばしにいたるまで、とにかく蝶が止まりそうなほどに遅い。

「ほんと変人だわ」

「そんな言い方は……おそらく体操かと思いますので……」

しかもひとりで突然はじめたわけではなく、隅のほうで蒼皇子が見学している。蒼皇子に健康的な体操を教えているのだろう。

ただ、その教わっているはずの蒼皇子が完全によそ見をしているので、扁若がひとりでおかしな動きをしているように見えてしまうだけだ。蒼皇子は土をほじくり返してミミズを探していた。

「ほんと、顔はいいのよね。変人だけど」

扁若はいかにも気位が高そうな顔立ちをしている。じっさい中身もそのような感じであるが、すっと切れ上がった目じりが印象的できれいだ。

「そういえば、才里は点青さまのことも似たような言い草だった気が」

「あらそうね。顔だけいいやつが多すぎなのね、後宮って。……なんて、それもそうだわ。容姿で選ばれたのがたくさんいるんだもの。あたしもだし」

才里の両手には、空になった膳が抱えられている。

さきほどまでいた来客——虞美人と蔡美人が使用した什器の片づけ中なのだ。おなじく桃花の手には箒が握られ、敷物の汚れを掃き出しているところだった。

なお、才里の予言どおり、虞美人と蔡美人とはこの四日間、一日もおかず顔を合わせている。

初日に卵をいただき、翌日ミミズを手に虞美人の殿舎へ闘鶏を見に行き、その翌日も見に行き、そして本日は虞美人と蔡美人を招いての食事会だったのである。

「闘鶏じゃなくて、あの謎体操に夢中になってくれればいいんだけど」

「おそらく、殿下はもっと勇ましいのがお好きなのですわ」

蒼皇子はいまやすっかり鶏に夢中である。

桃花たちも供をした際に目にしたが、闘鶏はふつうの鶏よりも首がすらりと長くて体も大きく、美しく、そして勇ましかった。

鶏同士が激しく闘うさまを、皇子が陶酔した顔で眺めていたのが印象的だ。

「でもほら、体操だったら安全だし、なにより虞美人と蔡美人の関係に配慮しなくて済むじゃない」

たしかにそうだと桃花も思う。

才里も桃花も、できれば虞美人と蔡美人は平等にあつかいたいところなのだが、鶏を飼っているのは虞美人なのである。

虞美人の殿舎に訪う際には蔡美人にも声をかけて三人で会うようにはしているが、ふたりのあいだに軋轢が生じないかは大きな懸念だ。

それに闘鶏は危険、という点もなかなか問題である。

離れて見るぶんにはいいが、闘鶏は気性が荒い。きょうの食事会も蒼皇子の願いで虞美人は一羽だけ鶏をつれてきたのだが、これに蒼皇子が戯れた際に蹴爪(けづめ)でかかれ、指先に小さなけがを負ってしまった。

虞美人は顔を真っ青にしたが、蒼皇子が自分の非を認めて逆に謝罪したのである。公にできないけがであるので、点青(てんせい)に頼んで扁若(へんじゃく)を呼んでもらったのだった。表向き、扁若は蒼皇子の養生法指導ということで招かれたのである。

治療が済んだので、いまはその表向きの理由をこなしてくれているのだろう。

「扁若さまに、もっと強そうな体操はないかたずねてみましょうか」

「あの子に？　強そうな？」

またもや胡乱な目だ。

扁若を見れば、この寒いなか、懸命に汗をにじませて体操をしている。

その顔はとても真剣で、それなのに才里が扁若の動きに合わせて「アチョー」「ホワチャア！」などと謎の掛け声を当てるものだから、思わず吹き出してしまった。

それに気づいた扁若が、桃花をバッとふり向く。目じりはつり上がって、顔がみるみる真っ赤になる。

「あ、怒った」

「才里のせいですわ……」

扁若が猛然と駆けてくる。

一気に鼻をつき合わせるほど詰め寄られて、桃花はたじろいだ。視線で助けを求めたが、大親友は上機嫌で片づけを再開させている。裏切り者だ。

「まさかとは思うけれど、いま笑った？　僕を笑ったよね？」

「いえ……あの。もっと勇壮な体操のほうが殿下も好まれるのではと……」

「いまのは虎の導引術。どこをどう見ても猛々しくて勇壮だけれど？」

「まあ、猫ではなくて虎だったのですね」

扁若はさらに眉をつり上げ「老猫！」の「ろ」まで言いかけて、なんとか収めてくれた。

「……おまえ、名は？」

「桃花と申します」

「めちゃくちゃ普通の名じゃないか」

「そのようにあきれられても困りますけれども」

「では桃花。いい？　これは五禽戯という。五種の動物の動きをまねて全身を動かすことで、経絡を整え、臓器を活性化させる養生法だよ。笑うなんてまったくもって不心得者だね！」

笑っていない。笑わせたのは才里だ。

「蒼皇子の不調は、心労からくるところが大きい。体を動かせば、心も動く。べつに五禽戯でなくてもいいけれど、体を動かすようにうながしたほうがいい。移動も輿ではなく徒歩がいいだろう」

「承知いたしました。――あと、扁若さま」

才里が離れた位置にいることを確認して、「『陸』のお札、ありがとうございました」と礼を言う。あれは、桃花を案じて貼ってくれたものだ。まじないの効果はよくわからないが、その心意気がとてもうれしい。

扁若はそっぽを向いてふんぞり返った。しばし待っても動く様子がないので、せっかくの機会であるからついでに知識を借りておこうかと思う。

「ところで扁若さまでしたら、肌に紅斑ができたとき、その原因はまずなんだとお考えになりますか？」

扁若はげんなりした顔でふり返る。

「なに？　死体の話？」

「死体にかぎらない話ですわ。死体の話なのですけれども」

「わかった。大長公主だ」

「いえ、鼠ですわ」

鼠……と、扁若は思いきり敬遠する顔だ。

「死体係りは鼠まで見るの？　まったくばかばかしくてご苦労なことだね」

そうは言いつつ、「どんな紅斑？」と訊いてくれる。桃花は全身性ではなく、腹のわきのごく一部であったこと、湿疹や粉ふきなどは伴っていないことなどを伝えた。

「虫刺され？　どこかにこすった？」

「掻いたり擦過したりした形跡は見受けられませんでした」

「それっぽちの情報では、さすがに僕といえども病なのか外傷なのかすらわからない」

そうだろうなと思う。

今度実物を太医署に届けてもらおうか。そう考えて、無理かと思う。鼠の死骸を送りつければさすがに怒るだろう。

扁若はさて、とつぶやいて軽く伸びをした。

「そろそろ帰るよ」

「ではまた」

見送ると、すこし歩いたさきで扁若はふり返った。

「そういえば鼠はわからないけれど、うちの署にも年老いた猫がいる。あれも毎年肌を赤くしているよ。寒がりで怠惰で、すぐ火鉢にくっついて寝るんだ。軽いやけどだね。どこぞの老猫も気をつけたほうがいい」

それから蒼皇子に辞去を告げ、扁若は去って行った。

＊＊＊

冬、陽は傾きはじめたかと思えば、あっという間に高墻の向こうへと消えていく。灯りを持たない婢女たちは、それまでに仕事を済ませて夕餉にありつこうとあわただしい。

反対にどこか歩みが鈍くなるのが、下級宦官たちである。おそらく夜中遅くまでつづく師父の世話を思っているのだろう、疲れきった顔でうつむいて歩いていた。

明るいのは女官たちだ。仕事が終われば、就寝までは楽しいおしゃべりの時間である。思い描くのは、あるいは対食との逢瀬だろうか。

それらさまざまな禁中の住人を見下ろしながら、延明はただ斜陽に背を向けていた。中宮の正殿・椒房殿の階上は、まぶしいほどの西日に照らされている。

「そんな怒るなよ」

声をかけてきたのは点青だった。延明は怒っていませんよと答えて、朱塗りの欄干にもたれかかる。

大長公主の薨去から、すでに三日が経っていた。

李朱夏が殴殺体で発見されてより二日。それももう暮れて夜がくる。

この間ずっと、安処殿と鳳凰殿にて、それぞれ捜査や聴取をつづけてきた。しかし炭の件も朱夏殺害の件も進展がないまま、さきほど皇后より呼び出しがかかったのである。

かけられたお言葉は、「そろそろ落としどころをさがせ」だ。

あまりにしつこい掖廷の調査に女官たちが萎縮し、そのことで懐妊中の田充依が心労を深めているそうだ。胎の子に障ってはことであるとの仰せだった。

「この場合の落としどころとは、『大長公主が亡くなったのは、炭を湿らせた李朱夏の責任。そして李朱夏は責めをうけて死んだ。死をもって償った』といったところですか」

「だから怒るなって」

「怒っていませんと。娘娘のお立場くらい理解しています」

大長公主の死について慎重にしらべることは太子のためであり、ひいては皇后のためでもある。

しかし田充依の胎の子になにかあれば、処罰を受けるのは延明であり、田充依の心労を知っていながら放置した皇后の責任とされるだろう。

中常侍がなにか動きを見せそうないま、攻撃されるような隙をつくってはならないのだ。

「俺は思うんだがその説、案外真理じゃないのか？　私刑が許されるかどうかっていうのはさておいてもだな、炭が湿っていたことは単なる不備で、意味なんてないのかもしれんぞ。作為があったとしても、だれが細工できたかなんて特定不可能だろう？」

「言いたいことはわかります」

しらべた結果わかったことは、鳳凰殿から安処殿に運ばれ、炭がじっさいに使われるまでのあいだ、どの段階でもだれにでも細工が可能であったということである。

安処殿はよそから助力にきた女官らの出入りも多い。女官の出入りに伴って、婢女も頻繁に出入りをしている。

鳳凰殿も同様に、新入りである虞美人と蔡美人が、おなじ許氏派であることもあって、女官を引きつれて頻繁に交流を図っていた。

どちらの殿舎も敷地内への人員の出入りがはげしく、目が行き届いていない。もし作為によるものだとしても、どの段階でだれが細工を図ったかなど、特定できようはずもなかった。

「たまたま湿っていた。もうこれでいいんじゃないのか。第一、炭を湿らせといたくらいで大長公主を殺せるわけじゃなし。ま、じっさいは死んだんだが。細工者がそれを予期できたとは思えないしな」

　点青は桃花とおなじことを言う。

「では炭の件は李朱夏の管理の手落ちだとして、豸豸という女官はよいのですか？　不問というわけにはいかないでしょう」

　豸豸は安処殿でじっさいに火鉢に炭を足した女官である。

　重要人物であるため、この聴取には延明も立ち会っていた。豸豸は炭の不備に関して「あたしは知らない」「朱夏にきけばいい！」「いい迷惑！」と、その肥えたからだを激しく震わせて主張していたのが印象的だ。

　死んだ朱夏に責任のすべてを押しつけようとしている態度が醜く、そういった性根を延明は好まない。

「しかしどうです。備蓄品の管理不行き届きは、最高であってもたかが労役三年刑で、さらに金銭での賠償が利きます。私刑で打たれて殺された朱夏とは、どうあっても釣り合いがとれません」

「……やっぱり怒ってるじゃないか」

「炭がどうというのは置いておくにしても、朱夏の件をうやむやにするわけにはいかない。私はそう考えます」

「だから、その朱夏が田寧寧のとこの女官だから、捜査をやめろって言われたんだろうが」

「女官への頻繁な聴取は控えましょう」

それが延明の落としどころだ。

「強情だな」

「……そうですね。真実とは明るみに出るものであると、私は知ってしまった。もはやうやむやのうちに目を瞑ることは、今後の人生ではできそうにありません」

「宮廷に勤めてそれでは寿命を縮めるぞ。なんて、どうせ利伯はもう死んだ身だからとか言うんだろ」

「言いませんよ。長生きせねばなりません」

死ぬにしても検屍術を世に広めてからであるし、桃花よりもあとでなければならない。桃花は延明の検屍はしたくないと言っていた。

延明は階のうえから中宮の院子を眺めた。それから、孺子堂を。

周囲の影が濃くなるなか、西面した孺子堂は残光に照らされ、はっきりと見てとれた。

孺子堂まえの広場では、桃花と友人女官が、蒼皇子をまじえて謎の体操をくり広げている。なんだあれ、と点青が目を丸くするが、延明にだってわかるはずがない。

「じゃあ、老猫に検屍を頼むか？　なにかあらたな情報が出てくるかもしれんぞ」

「朱夏の件は、検屍になにも問題がないように見受けられます」

「そうか？　たんに『頼ってばかりいる情けないやつ』と思われたくないだけじゃないのか」

朱夏の件はあきらかに折檻のための杖による殴殺であるので、それはない。

だが否定しようとしてやめた。

情けないと思われたくない。それは事実だ。

点青はにやにやとしながら延明の顔を眺め、笑った。

「所詮な、体の一部を切り取ったところで、俺たちのなかの男が完全に消え去ったりはしないのさ。俺だってたったひとりの女から、恰好のいい男と思われたい。たとえ世界中のだれからも男とは思ってもらえなくてもな」

「そんな話はしていません」

「しろよ。というかおまえはもっと焦るべきだな。相手はいずれ後宮を出ていくぞ。女官が後宮に閉じこめられているのは永久じゃない。宦官とは違うんだ」

「私とて、いつまでも内廷で勤めているつもりはありませんよ」

「太子に登用してもらうか？　ばかだな」

点青は鼻で笑った。

「おまえはすっかり毒気が抜けて、肝心なことを忘れてる。外には男がいるんだぞ。俺たち欠けた者とは違う、正真正銘の男どもがな」

「……」

胸の奥に刃物をねじこむような言葉だった。

「俺たちが男のふりをしていられるのは、内廷だからだろ。外に出ればまがい物であると思い知らされるさ。おまえも、老猫もな」

耳鳴りのような声をききながら、奥歯をかみしめる。

点青が口にしたのは、純然たる事実だ。

女たちはいかに後宮で宦官という存在に慣れようとも、外に出れば、それらがただの異形であったことを思い出す。本物が手に入れば、偽物など必要がない。

「……なにをばかな話を。べつに私は彼女とどうこうなろうなどと望んではいません」

桃花(とうか)は、友だ。

ちがう——桃花にとって、延明は友だ。友のひとりなのだ。

ただ、対食(めおと)などよりよほど絆(きずな)が深い、とくべつなる友であると自負をしている。

——それでいいではないか。

それ以上、望むべくもない。この身は宦官で、子孫をつなぐことができなければ、相手を女にすることも、母にすることもできないのだ。貰(もら)うばかりでなにもできない自分に、心をあずけてくれなどと口が裂けても言えるはずがない。

騾馬(らば)に等しい身体で、いったいこれ以上なにを望むというのか。

欠けたる心を埋めてくれた彼女に、これ以上なにを望むというのか。

ぎこちなく、視線を孺子堂にもどす。

階下は闇の海原にゆっくりと沈むように、じわりじわりと薄暮につつまれてゆく。

その景色を見るともなしに見ていると、ふと、ある人影が目に留まった。

「あれは……」

中宮門から、こそこそとした様子で孺子堂をうかがっている女がいる。

――宋紅子？

桃花たちはのんきに珍妙な体操をつづけていて、気がついていない。

ようやく体操を終えたかと思うと皇子がいなくなり、それを見計らっていたかのように紅子が走り出した。向かうさきは孺子堂だ。

宋紅子はなにかを隠している。そう華允が報告していたことが頭をよぎった。

紅子が勢いよく桃花と才里に向かって腕を伸ばす――。

「桃花さん！」

延明の体に緊張が走った。

「きゃあ！」

とつぜん才里が悲鳴を上げた。

反射的にふり返ると、だれかが背後から才里の口をふさごうとしている。

「しっ！　ごめん、騒がないで」

「紅子！」

才里の背後に貼りついていたのは、紅子だ。

がむしゃらにふり払おうとしていた才里が落ち着くと、紅子も才里から手を離した。

「おどろかせてごめん。っていうか、さっきの変な踊りなに？」

「あ、見てたの……？」

才里がちょっと恥ずかしそうに目を泳がせる。「五禽戯（ごきんぎ）ですわ」と桃花が答えた。

「太医（たいい）から教わった健康体操で、殿下の沐浴（もくよく）前にすこし実践をしていたのです」

扁若（へんじゃく）が頑張っていた五禽戯だが、意外なことに、蒼（そう）皇子はきちんと横目で見つつ覚えていたようなのである。

せっかくなので蒼皇子が覚えていた部分と、あとは適当に三人でつくりながら実践したところだった。動きが遅いわりに筋肉に負担が大きくて、すっかり汗をかいた。

おかげで蒼皇子は汗を流すために素直に温室に向かったところだった。

「へえ、踊りじゃなくて体操か」

「それより紅子こそ、こんな時間になに？　中宮で夜宴でもあったかしら」

「いや……」

紅子は言葉を濁し、周囲をたしかめる。とたん、影がパッと植栽に逃げこむのが見えて、紅子はにわかに身体を緊張させた。

「猫ですわ」

「あ、なんだ、猫か……」

ちなみに真実は猫というよりは、どちらかというと狐である。

なにをしているのだろうとは思ったが、隠れたいようなので隠しておくことにした。

紅子はもう一度周囲を確認し、それから声を潜めて「ちょっといいかい?」と桃花たちを物陰へと引きこむ。なにやら様子が変だ、と桃花は才里に目配せをした。おどおどと身を縮ませて周囲を警戒する紅子の姿は、なにかにひどく怯えているように見えた。

「――聴いてほしいんだ。あたし、殺されるかもしれない」

大きな声を出しかけたのを、才里はなんとか堪えたらしい。

桃花が紅子の肩に触れると、小さく震えている。寒さだけが理由ではないのだろう。

「殺されるって……どうしたのよ」

「はじめは黙っていればなにもされないと思ってたんだ。でも、時間が経つごとにだんだん不安になってきて。だって、自分につごうの悪いやつを放っておくわけないだろ? あたしがいつまで黙っているかなんて、相手にはわかりっこないんだから。あっちだってあたしとおなじで、日に日に心配になってるはずなんだ」

紅子は自分の両腕を掻き抱きながら、早口でまくし立てる。

「待って、待って。まず落ち着いてちょうだい」

「ここは安全ですわ。中宮の敷地内ですし、殿下がすまう孺子堂ですもの。あ、なんでしたら、厨で温かなお茶を飲んでからでも」

才里と桃花はあえてゆっくりとした口調で話しかける。

紅子はいくらか落ち着いたようで、深呼吸をしてから「ここで聴いてほしい」と言った。

「それで、いったいなにがあったっていうの？」

「見ちゃったんだ、たぶん、朱夏を殺した犯人の姿を」

紅子が言うには、それは朱夏の無残な姿が発見されるまえの晩のことだという。

「汚い話だけど廁がさ、いやだったんだよ。鳳凰殿の廁は豬廁なんだ」

豬廁は豚小屋のうえに廁をつくり、人糞を餌とする仕組みとなった廁のことだ。衛生的で臭いがすくなく済む。

けれども紅子はこれが苦手で、さいわい月も明るかったことから、わざわざ離れた場所にある甕式の廁まで行ったのだという。浄軍が汲み取りをする廁である。

「その途中にあったのが、朱夏がいた物品庫で――いや、ちがうな。正直に言うと、朱夏の様子も見たくてちょっと遠回りしたんだ。朱夏はけっこういいやつでさ……。いつも年上のあたしを立ててくれてたんだよ」

後宮の女にはみな階級があり、序列はすべて階級によって決定されている。婕妤、傛華、充依、美人などの側室位のほか、五官から家人子までの女官位が存在し、全員がいずれかの階級を賜っている。

したがって、たとえ相手が自分の半分しか生きていないような少女であっても、階級が上であれば尊ばねばならず、泥にまみれてでも従わねばならない。

けれども朱夏は階級だけでなく、『長幼の序』を尊重してくれたのだという。年長者を尊ぶ道徳である。

「あら、立派な心掛けだわ。なまじ階級があると驕るものだもの」

「うん。ちょっと古風なところもある子でさ、きっと厳しい家でしっかりと育てられたんだろうなって思う。階級が上の女官に対してはもちろん従順だったし、すごく礼節の備わった子だったんだ」

朱夏のそういった人柄もあり、紅子はなにか力になれればと思って様子を見に寄ったのだという。

「それで物品庫に着いたら、突き上げ窓はしまってたんだけど、建てつけが悪くてちょっぴり明かりが漏れてたんだ。細い隙間からはすこしだけ中が見えてて、はっきりとはしなかったんだけど、朱夏がだれかとしゃべっているような感じだった」

　そのときはまだ折檻(せっかん)をうけているような様子はなく、戸口に回った紅子は「朱夏、あたしだけど、なにか必要な物とかないかい？」と戸を叩(たた)いて声をかけたそうだ。

　そしたら、と紅子は深く後悔したように強く目を瞑(つぶ)った。

「『ここにきたことは忘れろ』って、すごく低い声で凄(すご)まれたんだ……」

「朱夏に？」

「ううん。朱夏がしゃべっていた相手にだよ。いかにもなにかやましいことがありそうな感じの雰囲気でさ、あ、これ関わっちゃいけないやつだってピンと来たんだ」

　桃花(とうか)にはあまりその能力はないが、女官にとって危機回避能力は大事である。面倒ごとに首をつっこまない、関わらない。見てはいけないものを見たら一切忘れる。余計な情報をしゃべらない。

　だが、あまりにあやしい様子であったことから、紅子はつい戸を細く開けて、中を覗(のぞ)きこんでしまったという。

「なんでそんなこと……」

「つい……。でも、ほんのすこしなんだ。戸の内側には帳(とばり)が垂らされてあったし、直接顔が見えたわけじゃない」

「直接は見えなかったけれども、間接的には見えたということでしょうか？」

「薄いけど帳があったから、灯りで映った影で、相手の体格だけ……。けっこうふくよかな女だってことはわかった。横幅があったから。言っておくけど、灯りの加減ででかく見えたとか、そういう話じゃないよ」

「声は？　聞き覚えがあるとかないとか」

紅子は首を横にふる。聞こえたのはあえて低くつくった声で、だれの声かは判然としなかったそうだ。

その晩はそのまま厠に行き、あとはまっすぐ自分の房に帰ったという。

「なるほどね。そしたらつぎの日になって、朱夏ってひとの死体が見つかったってわけね」

「そう……。これって危ないと思うだろ……？」

桃花も才里も肯定するわけにもいかず、ただ視線を交わし合うだけにとどめた。

時刻はわからないというが、状況的に朱夏が迎えていたというその客が、なんらかの事情を知っている可能性は限りなく高いだろう。

もっと言えば、朱夏を殺した犯人であった可能性も、けっして低いものではない。

おととい会ったとき、紅子が暗い表情をしていた理由はこれだったのだ。

紅子は殺された朱夏に好印象を抱いていたし、なにより危険な秘密を抱えていた。

「……向こうがあたしがのぞいたことに気がついたかどうかはわからないけどさ、あたしの声をきいてるんだ。特定されてるかもしれない」

「口封じをされるかもって、そう心配しているのね？」

緊張の表情で、紅子がこくりと首肯した。

「死体を見つけた連中は、朱夏は折檻されて死んでたっていう。炭の管理ができていたかどうかで揉めていて、従順な朱夏がめずらしく反論したから、気に食わなかったんだろうって。でも朱夏は秩石二百石の『順常』だよ。折檻ができる階級となると、同等かさらに上だ。みんな怖いから、掖廷の聴取でもなにもしゃべらないことにしてるくらいでさ……」

だからもし自分になにかあっても、だれも助けてくれない。そう言って、紅子はさらに震えた。震える指が才里と桃花の衣をつかむ。

たまらなくなって、三人で抱き合った。

「だいじょうぶですわ、紅子さん」

「そうよ、あたしたちがいるもの」

ふたりで背をなでて、それから才里が「で、その太った女がだれなのかは見当がついていないのね？」と確認をする。紅子は考える表情を見せたあとうつむいて、わからないと答えた。

「順常（じゅんじょう）以上で、あのくらい横幅があるやつは鳳凰殿（ほうおうでん）にはいないんだ。むしろ朱夏（しゅか）以外は、引き締まった体で上背があるやつらばっかりだよ」

だからよけい怖いんだけどさ……と紅子（こうし）は言う。

「あたしが思うに、たぶん外の女官さ。うちのとこは、田充依（でんじゅうい）とつなぎをとろうと出入りする妃嬪（ひひん）や従者も多いし――」

「そこまでです」

響いた男の声に、桃花（とうか）たちは弾（はじ）かれるように顔をあげた。

「孫掖廷令（そんえきていれい）……」

紅子がぼう然とつぶやく。

いつの間にか近くに立っていたのは、延明（えんめい）だった。頭に葉っぱがついている。

「事情はだいたいきこえていました。鳳凰殿女官、宋（そう）紅子」

「は、はい……！」

「あなたを掖廷で保護します。これ以上よけいなことをしゃべって、友人らを巻きこまないように」

紅子が「あ」と声をあげた。

「ごめん、あたしそんなつもりじゃ……」

「わかってるわよ！　水臭いこと言わないの！」

才里がバンッと背をはたくと、紅子はそのまま脱力したようにへたり、その場に膝をついた。才里も桃花もいっしょになって膝をつき、ぎゅうぎゅうと腕をまわし合う。

「もうだいじょうぶよ、紅子。保護してもらえるんですって」

「掖廷なら安全ですわ。延明さまは不正をなさらない方です——そうきいたことがあります。黒銭で売られる心配もないでしょう」

「ありがとう……あたし、いままでほんとこわくて……！」

紅子は急激な安堵からか、ついに嗚咽を漏らして泣きはじめたのだった。


一日の仕事を終えて房にもどってくると、桃花はさっそく隠し扉からとなりの房へと移る。

めずらしく桃花が一番乗りだった。まだ延明はきていない。

房は冷え切り、外気とおなじほどに寒かった。炭や焚きつけは用意されてあったので、手燭の火から火種をとって炭火を熾した。

まだ暖まりきらぬうちに戸が動く音がして、そっと延明が入ってくる。すでに灯りがともされ、炭の匂いがする様子に驚いたようだった。

「延明さま、こんばんは。どうぞお座りくださいませ」

「こんばんは。……いえ、これは……なんだか招かれた心地がして、こそばゆいですね」

「そうでしょうか？」

「いつもは邪険にされていますから」

延明（えんめい）は苦笑しながら着座する。桃花（とうか）は首をかたむけた。

「邪険になどしておりません……たぶんしていない気がしますわ」

「そこは言い直さないでください……」

「ただ、めんどうであったり、眠かったりすることはあるというだけのことです」

しかし結局いつもふたりで食事をしたり茶を飲んだりするわけなので、自分としてはべつにぞんざいに接しているわけでもないと思う。

けれど、延明が「めんどうですか」といかにもさみしそうに言うので、すこし困って補足する。のせられた感はあるけれど、しかたがない。

「本気でめんどうだと思えば無視して眠ればよいだけですので、天秤（てんびん）としては延明さまに重きがあるということだと思うのですけれども」

「では、あなたが愛してやまない睡眠よりも、私のほうが大切であるということですね」

とりあえずご満悦そうであるので、よかったと思う。

桃花は延明が持参した手提げ桶（おけ）をうけとり、小皿と甕（かめ）をとりだした。

ふたを開けて、おやと思う。

「人銜……ではないようですけれども」

「人銜ですよ。趣向を変えてみました」

盂に茶葉を入れて火にかけながら、延明が言う。

匙ですくってみて、なるほどと思った。松仁や胡桃、蓮肉や乾柿、枸杞、栗、銀杏、榛仁という薬効高い八種の実をふんだんに刻んで蜂蜜で和え、そのなかに人銜の細切れも混ぜてある。

薬膳八宝蜜ならぬ、九宝蜜だ。

「甘いものもお好きでしょう？」

得意げに笑むので、素直にうなずいた。

小皿に盛って供し、茶を淹れてもらうと、桃花は姿勢をあらためて揖礼する。

「延明さま、さきほどはありがとうございました。深く感謝を申しあげますわ」

「いえ、こちらこそ。思わぬところで事件の大きな進展を得られそうです」

延明によると、紅子は表向き暴室への収容という形をとったそうだ。あくまで表向きです、と延明は断りを入れる。

「保護したなどと言っては、宋紅子が目撃したという相手が警戒をしかねません。じっさいには掖廷の一室に滞在をしてもらっていますのでご安心を。暴室入りの口実としては、先日中宮に供をした際、敷地内にて多量の痰を吐いた無礼ということにしておきました」

もっとましな口実はなかったのか……。

その点で多少不満はあるが、背に腹は替えられない。身の安全が守られているだけでもありがたい。

「それで、掖廷のほうでは紅子さんが目撃したという相手に、いくらか見当はついていらっしゃるのでしょうか」

お茶を啜ってから問う。紫蘇茶だ。さわやかで特徴的な香りが心身を癒してくれる心地がする。それに、酒でないことにもすこし安心した。これなら延明がおかしな酔い方をすることもないだろう。

延明も茶をひと口あじわってから答える。

「宋紅子が見たという『ふくよかな体格の女官』というのは、かなり有力な情報です。なにせ、朱夏が折檻をうけた理由とされる炭の件にかかわる人物で該当するのは、ふたりしかいません」

そこまで絞られるのか。

驚いたと同時に、ほっとした。

これで捕まれば、紅子は安心して鳳凰殿にもどることができる。

「聴取は明日なさるのでしょうか」

「ええ。ほんとうでしたら今すぐにでも、というところですが、夜間に拘束するにはさすがに材料が足りません。明日の朝一でふたりを召致し、掖廷での取り調べとする予定です。――ただ、私のなかではほぼ一名に絞ってまちがいないと踏んでいるのですが」

延明は自信ありげに茶を置いた。

「なにせ、朱夏は若い女性です。いくら上下関係があるからと言っても、これを打ち殺すには相応の力と体力が必要となるでしょう」

「確かに、同意いたしますわ」

「しかし体格で浮上する人物のうち、一名は高齢者です」

延明によると、ひとりが安処殿の老侍女・銀鈴であるという。

そしてもうひとりが安処殿の女官で、豸豸という人物なのだそうだ。

「銀鈴の齢は六十九。腰も曲がり、ふだんから杖をついているような老人に、若い女を打ち殺す力はないでしょう。杖が武器になる恐れはありますが、大長公主の介助もひとりではおこなえなかったような非力です。これで打ったとして、相手を殺すことは至難だろうと想像されます」

それになにより、死体にのこされた痕は二分の太さだ。ついて歩く杖ではない。

「動機があるか否かでいえば、朱夏を大長公主の仇と思いこみ、折檻をおこなって死なせてしまったというのも考えられなくはありませんが」

と挙げつつも、延明は「しかし主の仇討ちであるならば、まずは身近にいる安処殿の炭担当女官を打ち据えるのがさきとなるはず」とみずから仮定を否定した。

わざわざ隣の殿舎にいる朱夏をさきに折檻するのは不自然である、との見立てだ。

桃花もおおむね同意する。

「対して、豸豸です。これはまさに安処殿の炭担当女官ですが、この豸豸は、炭が湿っていた件で厳しい聴取をうけています。その際には激昂して、朱夏のせいだと叫ぶこともありました」

自分は知らない、朱夏にきけ、迷惑だ——そのように激しく主張していたそうである。

「つまり、豸豸さんは朱夏さんのせいで大変な目にあった、と逆恨みをしていた可能性が考えられる、という推察でしょうか」

「そうです。若く、力と体力があるという点でも矛盾がない。明日には解決見込みであるといえるでしょう」

よかった、と心から安堵する。

延明もすこしは肩の荷が軽くなったような様子だ。

「これで大長公主のほうもすっきりとなればよいのですが、どうなることやら」

匙で九宝蜜を口に運びながら、脱力したようにため息をつく。

「炭が細工されたか否かという件でしょうか」

「ええ。娘娘から、そろそろ終わりにするよう言われてしまいまして」

疲れた顔だ。

桃花は口にしようとしていた匙を止め、その山盛りの九宝蜜を延明の皿に移した。

延明はそれを見て困ったように笑う。

「私はもう病人ではありませんよ」

「そういう言葉は、ひとに心配をかけないほどに健康になってからおっしゃってくださいませ」

「心配してくださるならば、健康になるわけにはいきませんね」

またなにかおかしなことを言っている。

軽くにらむと嬉しそうに微笑むので、たちが悪い。

「そのような顔をしないでください、桃花さん。うそです。長生きしますから」

もちろんですわと答えて、桃花は九宝蜜を口に運んだ。

まず舌に感じるのは、上質な蜂蜜のざらりとした甘さだ。蜂蜜のなかには枸杞や乾柿の風味が溶けだしていて、とても奥深い。ごろごろとした木の実を噛むと、胡桃や松仁などの油分と香ばしさがじんわりと混じり合う。炒られた木の実の渋皮がわずかに利いていて、とてもおいしい。

「口に合ったようで、よかった」

桃花の表情で感想が伝わったのか、延明が満足そうに笑んだ。

「延明さまがお持ちくださる食べものは、どれも美味しいものばかりです。これなどは薬膳としての効能もありますし、とても素晴らしいかと。長生きには欠かせないものですわ」

「質のよい食事と、あとは運動、などとよく言いますね」

「ああ、でしたら延明さまも体操をなさっては？」

「体操……？」

きょうから桃花もはじめたのだというと、延明は軽く宙を見て、「あれか……」と口中でつぶやいた。心当たりがあるらしい。紅子を保護してもらう前に演じていたから、もしかしたら見ていたのかもしれない。

「五禽戯というそうですわ。五つの動物の動きを演じ、なんたらかんたらという」

「そのなんたらかんたらが重要なところなのでは……」

「説明が肝要でしたら、扁若さまに尋ねてくださいませ」

「なんです、また扁若ですか」

延明がものすごくいやそうな顔をする。

そういえば、あまり仲がよくないのだったと思いだす。

「仲良くなさればよろしいですのに。扁若さまはとてもお優しいかたですわ」

「そのように庇いだてをするとは、よけいきらいになりそうです」

延明は片肘をつき、ふいと横を向いた。

「私以上に優しい宦官がおりましょうか」

「それはわかりかねますけれども」

正直に返したら不満な様子だ。盛大に嘆息する。

「……桃花さんは、私の友なのですよね？」

「はい。もちろんですわ」

「しかし友である桃花さんがほかの友人の話ばかりをしていたら、私は孤独です」

孤独。

桃花はぱちぱちとまばたいた。要するに、友がとられてしまう心地がする、というようなことを言いたいのか。

「わたくし自慢ではありませんけれども、友がすくない人生を歩んでおります。ですので、ご安心くださいませ。友とはとても貴重な存在ですので、大事に大事に、それはもう執着をいたしますわ」

「あなたの執着など」

延明は一笑して目をそらし、それからもう一度、ゆっくりと視線をもどす。

桃花をあらためて見つめるその瞳はあまりにも甘く、仄暗く、切ない笑みで――桃花は呑まれるように息を止めた。

「われら飢えた宦官の執着にくらべたら、いかほどのものか……」

「……」

「あなたは、なにもわかっていない」

つと几ごしに、延明の長い指がのばされる。

中常侍に触れられたときのことが頭をよぎり、身体が硬直した。

熱い指のはらが頬をかすめる。

延明の指は、それから桃花の頬をむぎゅっとつまんでひっぱった。

「い、いひゃいてふわえんめいひゃま」

「軽率なことを口にするから、このような目にあうのです」

そう告げる延明の表情は、すでに普段の彼にもどっていた。

胸をなでおろすと同時に、手が離される。桃花は涙目で頬をさすった。

「ひどいですわ」

「じつは、ひどいのはあなたなのですよ」

「……なにか、怒ってらっしゃる？」

延明は天井を仰ぎ、両手で顔を覆ってごしごしとこすった。

「……怒ってはいません。疲れている、ということなのでしょう」

言うと、「さて」と反動をつけて立ち上がった。

「明日のこともありますので、私はここでお暇します」

まるで表情を見せまいとするかのように、延明は身をひるがえし、手早く閂を開けて房を出る。その姿が暗闇に溶けこんだ。

ただ、戸が閉まるまえに、延明は「桃花さん」と背中で名を呼んだ。

「はい」

「……よい夢を」

このあいさつが、桃花はとても好きだ。自然と口もとが緩むのがわかる。

「はい。延明さまも、よい夢を」

そう返すと、静かに戸が閉められた。


のこされた桃花は炭火を処理し、燭台の火を消した。小さな手燭ひとつで隠し戸をくぐって自分の房へともどる。

とたんに堪えていた眠気が押し寄せて、倒れるように臥牀で横になった。

——言えなかった……。

小さな心のこりが、夢と現実のあわいに揺れた。

鼠の死骸で見つけた紅斑。扁若のおかげで、この原因がおそらくわかった。あれはやけどだ。水ぶくれができるよりも軽度なやけど。ひげが片方かけていたのは、おそらく熱で焼けたためだろう、と。

延明に会ったら伝えようと思っていたのに、言えなかった。

皇后からは炭の件はもう終わりにするように命じられたのだという。それなのにやけどの件を伝えれば、延明はきっと原因を探ろうとするはずだ。言えるはずがない。

それに……と思いながら、桃花は右に左にと体を転がして、衾を体にぐるぐると巻きつけた。

それに、鼠の死骸にやけどがあろうとも、大長公主の遺体からは不審な点はみつかっていないのだ。問題はない。

問題はないではないか。

いやな胸騒ぎを抱えながら、桃花はきゅっと強くまぶたを閉じるしかなかった。

＊＊＊

た。

中宮尚書であったころの部下たちの協力を得ながら、延明は人目につかず中宮を出た。

月が明るい夜だった。

凍てつく寒さのなか、夜空で星がまばゆく輝いている。

歩きながら、あまりの足どりの重さに、このまま地面にめりこんでしまいそうな心地がした。

――手を伸ばして、いったいなにをするつもりだったのか。

後悔が胸を塞ぐ。

――だから宦官とはおぞましく、おそろしい。

これでは、けだものの中常侍と同じだ。

男ではないくせに、男としての本能を捨てきれずにいる。なんと滑稽で、醜い生き物か。

せめて桃花が嫌悪をしめしてくれればよいものを、と苦く思う。

しかし残念ながら、桃花は祖父が大事に育てたからか、あるいは姫家という名家に引き取られたからか、中身はなんだかんだと純真だ。いまも延明に対して危機感のかけらも抱いていないことだろう。

――宦官の歪んだ執着心がいかに恐ろしいか、伝えたことがあったはずだが。

まさか、延明はそうではないとでも信じているのだろうか。この中身など、嫉妬と執着の炎に駆られて馮充依を殺した懿炎と、ほとんど何も変わらないというのに。

「まいったな……」

いつまで桃花の信じる優しい友人を演じていられるか、自信がない。点青があのようなことを言って煽ったからで、どんないやがらせをしてやろうかと恨んだ。

「桃花さん」

耳に、舌に、心にすっかりなじんだ名だ。

——桃花。姫桃花。……羊角桃花。

ぎゅっとこぶしを握る。

忘れなくてはならない。羊角の姓など、記憶から抹消してしまわねばならない。これは危険な秘密だ。ぜったいに桃花に漏らしてはならない秘密。

父親が延明の仇であるという事実は、桃花を深く傷つけるだろう。

そして同時に、この秘密は、桃花の胸に延明という存在を深く深く刻みつけるものでもあるのだ。

桃花の父が犯したいつわりの検屍によって、孫一族は滅び、延明は宦官に落とされたのだから。

その罪悪感を彼女に刻みつけてしまえば、桃花は後宮を出たとしても生涯、男ですらない延明のことを見捨てずにそばに置いてくれるだろう。求めればきっと、責任すらとってくれる。

恐ろしく自分本位で、あまりにも甘美な罪。

おのれが醜い宦官であることをつきつける秘密は、心の奥底に封じねばならない。

＊＊＊

死体が見つかったのは、翌朝のことだ。

始業の鐘が鳴るとともに、華允率いる掖廷官らが安処殿をおとなった。

目的は二名の女官の同行。

宋紅子による目撃証言から、殺された李朱夏とさいごに接触したと疑われる人物——老侍女である銀鈴と、女官・豸豸を呼び出しての取り調べである。

死体で見つかったのは、その豸豸であった。

「なんということか……」

しらせをうけて駆けつけた延明が見たのは、安処殿の裏手にてすでに冷たくなった豸豸の姿だった。凍りついた地面にうつぶせ、ピクリとも動かない。

その周囲を華允が指揮する掖廷官が警戒し、現場を荒らされないよう護っていた。

「延明さま」

周囲をしらべていた華允が延明に気がつき、駆けてくる。

「報告は検屍の際にききます。桃李がすぐに到着する手はずとなっているので、検屍道具の準備を急いでください」

「はい！」

指示を出し、延明も道具の用意に奔走する。

検屍で使う道具をならべる几や炉を借り、奴僕や婢女たちに水や酢を持ってこさせる。

炉に火がついたら湯を沸かした。桃花がどのような見立てでいずれの道具を使用するかは予想がつかないため、わかるだけの物品を準備する。簪と酒粕、巾や綿などは、延明が駆けつける際に掖廷から運んできた。

「検屍官、到着です！」

童子が官奴に扮した桃花を連れてもどってきた。点青の部下につなぎをとらせたのだ。

「桃李、こちらです」

呼びかけると、眠そうな目が延明を見つける。朝一番ということもあって、眠さもひとしおであるようだ。顔は容貌をごまかすために汚してあるのだが、非常に自然な汚れ具合で、とてもよく似合っていた。汚れが似合う女官とはいったい、と思いつつ、死体のそばまで案内する。

「こちらの検屍をおねがいします。亡くなっているのは安処殿の女官、豸豸です」

名を告げると、こらえていた非常に苦い思いが湧く。

――強引であっても、昨夜のうちに聴取をすべきだったのか……。

「延明さま、そのような顔をなさってはなりません」

「しかし……」

「たったひとりの目撃証言、それも『前夜、被害者と会っていたと思われる人影と体格が合致する』というだけで殺しの犯人あつかいをすれば、それは不当ですわ。証言者である紅子がほんとうのことを言っているとも限りません。判断は適切であったと、わたくしはそう信じております」

桃花は寝ぼけ眼をはっきりと開き、凜然と告げて死体のまえに膝をついた。

華允が書き付けを開き、これまでに判明していることを読みあげる。

「亡くなっているのは安処殿の侍女、何豸豸です。年齢は二十七歳、順常。炭など消耗物品の管理を任されていた女です。今朝、防火用水の巡回をしていた小宦官が、倒れているところを発見。声をかけて近づき、動かないことから触れてみたところ冷たくなっており、人を呼ぶに至ったとのこと」

すでに体温が感じられなかったことから救命行為はおこなっておらず、だれも大きく動かしたりはしていないとの話だ。

それから華允は、付近に立てられた二尺ほどの棒を指さす。棒のさきには赤い布切れが結んであり、よく目立つ。

「そのしるしの場所に、嘔吐の痕跡があります。それと、死体発見の際に小宦官が蹴っ飛ばしてしまったお椀が、あっちに」

枯れた雑草の草むらを指す。枯れ草でかくれて椀は見えないが、棒に結ばれた赤い布のしるしは見えた。

「蹴っ飛ばす前は、たぶん死体付近に落ちていたと思うと証言しています」

「ありがとうございます」

桃花は礼を言い、死体に向き合った。

「それでは、はじめます。延明さまは記録をお願いいたします」

「はい」

いつもであれば、ここで死体に掛けられた筵が払われるところだが、今回はすでにむき出しの状態だった。死体はまだだれのしらべも入っておらず、そのままの状態にて、桃花の到着を待っていたのである。

死の連鎖がつづいているのだ。なんとしてもここで解決しなければならない。

延明は筆をとるまえに曲尺(かねじゃく)で死体の身長を測った。「桃李(とうり)、身長は七尺三寸です」

告げてから、筆に持ち替えてみずからも記録する。

桃花は礼を言い、検屍を開始する。

「では。――ご遺体は体形がふくよか。右腕を体の下に巻きこみ、下敷きにして、うつぶせになっています。左腕は肘(ひじ)をあげ、手のひらが左耳のすぐわき。手のひらは軽く握られています。衣服は、深衣(しんい)のうえから綿袍(わたいれ)を着用。綿袍は全面的に土汚れが付着。深衣と帯、襪(たび)、履(はきもの)ともに乱れなし。頭髪は地面の土ぼこりが付着。髻(もとどり)に軽く緩みあり。装飾がほどこされた漆の釵(かんざし)が一本。これも抜けかけております」

ざっとそのままの状態で視(み)てから、桃花は死体を仰向ける。叒叒(たいたい)はたっぷりとした肉づきであるため、容易ではない。延明と華允も手伝った。

すっかり硬直しきった姿勢のまま、死体はごろりと表を向く。

叒叒の顔は、うつぶせることで下敷きになっていたせいだろう、不自然にゆがんだまま硬直していた。目は力なく開き、虚空を見つめている。半開きの口からは大量の唾液(だえき)が流れ出ていた。

「死後の硬直はあごと両腕が強く、下半身はまだ弱い」

それから桃花は死体の首に指をあて、押したりしている。

「それはなにを？」

首の前面には死斑が浮かび、そして幾本かの傷が見られた。

傷をしらべているのかと思いつつ訊けば、「死斑のていどをしらべています」という。

「ご覧ください、押せば消えます。つまりまだ死斑は固定されていないということですわ。硬直の進行も遅く、死斑も固定されておりません。しかし気温が非常に低温でありましたので、季節柄、これら硬直や死斑の進行は遅くなります。ですので、こちらのご遺体は昨夜のあいだに亡くなったものと想像をいたします」

つぎに全裸での検屍をおこなうということなので、下僕に命じて温めた酒粕を巾で包んだものを用意させる。これで硬直した箇所を温め、揺らしながら、関節をのばして衣服の袖を抜くのだ。夏とちがって厚着であるので苦労である。

延明が死体を支え、そのあいだに桃花が深衣をはぎとる。その際、あばかれた懐から竹皮がひらりと落ちた。

「――おや」

やわらかく揉まれ、包み紙として使用してあった形跡がある。結ぶのに使用していたと思われる紐もはさまっていた。

華允が拾おうとすると、桃花が「気をつけてくださいませ」と注意する。

「まだ確実ではありませんけれども、死者には毒死の様相がありますので。それは毒の包みであった可能性があります」

華允は一瞬手をひっこめて、それから手巾で慎重にそれを拾った。

「桃李、毒ですか」

「まだわかりません。これから確認をいたします」

それからようやく衣服のすべてを取りはらうと、非圧迫部に強く死斑が浮いた裸体があらわになった。

死斑の色は濃いところは赤褐色、あるいは赤色で、外側ほど鮮やかな紅色に近づいている。巻きこんで下敷きにしていた右腕部分や、乳房、せり出した腹部は圧迫によって白く抜けている。うつぶせであったため、顔にも死斑が出て赤く変色していた。

「では、上から順に視ていきます」

桃花は言い、死体の頭髪をほどいて測る。頭髪内に異物は認められないという。

「顔面に死斑あり。色は赤色から鮮紅色。右額の生え際を下にしていた様相、発見時の姿勢と死斑との矛盾なし。目、完全。鼻腔内に出血あり。くちびるに青く変色あり、下くちびるには死戦期のものと思われる裂傷あり、唾液の流出あり。歯茎も青黒く変色。口腔内に傷や異物なし」

桃花の読み上げを記録しながら、延明も死体の顔面を観察する。

挙げられたとおり、下くちびるの真ん中がぱっくりと割れ、そして青黒い色に変色していた。歯茎も同様だという。

「この変色は？」

「毒死、あるいは窒息死でもこのような色に変色することがあるのです」

それで毒死の可能性といったのか。そういえば椀も発見されている。こんな殿舎の裏に椀など奇妙だ。毒を飲むのに使用したものであるかもしれない。

「あごから首にかけて、斜走するわずかなひっかき傷あり。出血を伴わず、浅い。首に圧痕のたぐいは見当たらず」

「圧痕。……ああ、そういえばこれは似ていますね、以前検屍した、金剛の死体の掻き傷と」

金剛は掖廷獄に火をつけたあと、首をつって死んだ宦官だ。

あれは首つりがうまくいかずにもがき苦しんで、掻き傷をつけたものだった。それが検屍で『他者に首を絞められて抵抗した証し』とあやまった鑑定をされたのだ。

「はい。念のため絞殺の可能性も考えましたが、それらしき痕跡はございません」

言いながら、桃花は死体の手を取り、角度を変えながら入念に観察する。

「両手の五爪に青く変色あり。爪の先は土でよごれており、皮膚片は確認できず」

死体の爪は、いずれもくちびると同様に変色していた。

その後も胸、腹部、陰門、脚へと順にしらべてゆく。肛門ではわずかな便の漏出が認められ、足の五爪も変色が確認された。

ひととおり観察が終わると、桃花は顔をあげる。

「つぎに毒の検出、そして見えにくい傷痕の検出も同時におこないたいと思います」

——やはりそのいずれかであるのか。

毒死、あるいは外力による窒息死。これからその区別をつけるのだろう。

「おれも手伝います」

「では華允さんは白葱を三本用意していただいて、擂ってくださいますか？　さらに白梅を加えて擂り、終わりましたら温かな酢でのばしてくださいませ。体表に塗ります」

「白葱？　了解です！」

葱は用意していなかった材料だが、華允は迷うことなく駆けて行った。安処殿の厨でもらってくるのだろう。

延明も桃花の指示をうけながら、道具の準備を手伝った。死体が収まる大きさの窪みがほしいというので、これを奴僕に掘らせる。

使用するものはサイカチ、銀の簪、綿、布帛、筵、蒸した米と糯米、家鴨の卵、大量の酢と湯、山のような酒粕だ。

奴僕や婢女たちが井戸から水を運び、炉で湯を沸かす。酒粕と酢も火にかけた。

桃花は温かい米と糯米に家鴨の卵白を混ぜて捏ね、団子をつくった。それを手のひらで転がして楕円に成形すると、死体の口を開け、歯の外側に粘土のようにしてつめる。

その間、延明は桶にぬるま湯を汲み、サイカチを用いて銀の簪を洗浄しておいた。掘らせた窪みの使い方はわからないが、簪の毒検には立ち会ったことがある。磨いた銀の簪を、桃花の手が空いたところで手渡した。

桃花はすこし驚いたように目を開き、それからふわりと微笑む。

「さすが延明さまですわ」

「よい検屍助手でしょう？」

「助手ではなく、相棒であるのかと」

小さく笑みを交わし合い、さらに準備を手早く進める。

「では、掘った窪みにて火を焚いてくださいませ。地面を温めておくためです」

指示を出してから、桃花は簪を死体の喉奥深くに挿入する。

それから綿を用いて鼻の穴、耳の穴、陰門、肛門をふさいだ。口は閉じさせ、布帛で密封する。

温度調節を入念におこなって酢をふりかけたところで、華允が擂った白葱と白梅の汁が完成する。桃花は説明してあったとおり、これを死体の体表にぬった。

　これらの下準備を終えると、桃花は窪みに酢をまいて火を消し、「ご遺体を窪みへ」

と言う。下に敷いてあった筵ごと持ち上げ、死体を収めた。

最後に、全身を温めた酒粕で覆うと、筵をかけ、布帛で覆い、さらに熱した酢をかける。窪みの左右で火を焚いて、ようやく完了のようであった。

それから一時（二時間）ののち、ぬるま湯にて洗浄された死体からは毒物が検出され、窒息をうたがわせる痕跡はあらわれなかった。

また、吐瀉物からも同様に毒性の確認がとれた。

以上をもって、何豸豸は服毒死と鑑定されたのである。

＊＊＊

掖廷に、正中を知らせる鐘が鳴っている。

一日の半分が終わった。延明は几のまえで眉間を揉んで、息をはいた。

朝から検屍をおこない、関係する捜査を指揮しつつ、同時に皇后による麻の下賜が実施されたのだ。麻のほうは副官の公孫が担ってくれたが、あしたは女官らへの月俸を支給する日である。数千人におよぶ人数の俸給と粟米を分配せねばならない。この準備がまた、あわただしい。

「掖廷令、粟米を運搬するための車が破損しています。検屍官らがつかう柩車の車軸にも問題があり……」

「掖廷令、こちらもすみません！　織室より、染色労働にあてる人員の追加を願われたのですが」

つぎつぎと持ちこまれる問題に、もはや笑いが漏れる。

掖廷にきてより、あわただしくない日などあろうか。

「落ち着きなさい。まずは車の件です。荷車と柩車一台ずつですね？　少府に代わりをよこすよう伝えておきます。つぎに労徒ですが、後宮逃亡をはかった五名が暴室に入っています。これをあてるように」

答えて下がらせ、内廷の物品を総括している少府への文書を作成する。

書き終えたところで、ふたたび「失礼します！」と声がかかった。一瞬ため息をつきかけたが、華允の声だ。

「華允がただいまもどりました」

「こちらへ。報告をききます」

華允が長官席の前まで駆けつけ、揖礼する。

報告とは、何彖彖の件である。華允は彖彖の死に関する捜査をおこなう責任者だ。

「はい。申しあげます。まず、彖彖が倒れていた付近で発見された椀ですが、安処殿の厨で使われているものと確認がとれました。付着物は採取できていません。それと土瓶ですが、これは以前、金鈴が十瓶一箱で爹爹に譲ったもののひとつだという話です。本人も認めています」

土瓶とは、その後の周辺捜索で発見されたものだ。手のひらほどの小さな瓶で、空であったが酒の匂いがのこっていた。

「それで爹爹の房の捜索ですが、房内よりこの十瓶一箱のうち、のこり九瓶が確認できています。一本をのぞいてすべて空でした。加えて、臥牀の裏より杖を発見」

――杖。

杖と言えば、李朱夏を殴打したと思われる他物に該当する。

華允も、「発見された杖は李朱夏の殴打痕の幅と一致」と報告する。つまり、紅子という女官が物品庫で目撃した女というのは、やはり爹爹だったのだ。

爹爹は朱夏とおなじ『順常』の階級となる女官だが、主の格で爹爹のほうが立場が上である。年も上で折檻は可能だ。

華允はさらに報告をつづける。

「さいごに、検屍中に懐から出てきた竹皮ですが、中宮薬長に見てもらったところ、殺鼠団子に使われる罔草のにおいがするとの返答でした。ただし、においはしますが付着物はありません」

なお、殺鼠団子は安処殿に常駐していた医官の手で調合されていたとのことだった。日が経って乾燥したものなら、延明も大長公主の臥室で見ている。

「検屍官も、現場の吐瀉物から見て殺鼠団子をうたがっていたので、これは殺鼠団子を持ち歩くのに使っていた包み紙とみてまちがいないと思います」

検屍官とは、もちろん桃花のことである。

死体の近くにあった嘔吐の内容物をしらべ、桃花は酒と殺鼠団子ではないかと見解を述べていた。酒は匂いがそうであり、吐瀉物の内容に粟やつぶした糯米などが含まれていたからだ。華允によると、夕餉の食材には粟も糯米も使用されていなかったと確認がとれているという。

「夕餉に食べた物が吐瀉物に混じらなくなるのに、だいたい二時（四時間）ほどかかるそうです。――以上のことから、豸豸は夕餉のあと二時以上が経過したころに房で飲酒、その後さらに一瓶を手に殿舎の裏手にうつり、殺鼠団子と酒をみずから摂取したものとみられます」

華允は浄書した死体検案書を几に提出する。

延明はこれをひらいて目で字を追った。

「検屍のとおり、強引に飲まされた形跡はありません。頸部圧迫の痕跡もないことから、首の掻き傷は毒で苦しんだ際に掻きむしったものと見て問題ないとのことです。

周囲の地面がやや荒れていて、衣服や髪にも土埃が付着、指さきも土にまみれていることから、苦しんだのちに絶命したものと想像されます。以上です」

「けっこう。つまり自害であったということですね」

「はい。動機はおそらく朱夏死亡の件だと思います」

李朱夏が死亡した晩、彼女を訪い、折檻におよんだのは何爹爹であった。

これは目撃証言と杖が証明している。

動機はおそらく、炭の管理責任に関する揉め事だろう。炭がどの段階で湿っていたのかという調べの最中、爹爹はひどく荒れていた。自分ではなく、朱夏に問題があったはずだとする主張である。

おそらく朱夏死亡の晩も、そのように詰りに向かったのだろう。そうして責め、折檻し、死なせてしまった。

「……死ぬまで耐えなくってもよかったのにって」

華允がぽつりと言う。

どこか愚痴を言いたい雰囲気であったので、報告外だがそのまま黙ってきくことにする。

「杖がみつかって、爹爹が朱夏を殺したんだってわかったとき、遠巻きにしていた安処殿の年寄り女官たちがそうやってひそひそ話をするんです。朱夏はばかだねって。

……っていうか、年寄りのひそひそ話はぜんぜんひそひそしてないんですけど。おれ、ちょっと腹が立ちました」

まあ、年寄りは耳が遠いので、自然と声が大きくなりがちではある。

「ほんと他人ごとっていうか。……立場が上のやつに乱暴されて、それを抵抗すればよかったのにとか、逃げればよかったのにとかいうやつ、おれはきらいです」

とくに華允が憤るのは、自身が宦官だからでもあるだろう。

小宦官の日常とは、師父による暴力と罵声にまみれている。圧倒的な暴力によって躾けられ、徹底的に反抗心と自尊心を叩き折られながら成長する。折檻から逃亡すればさらなる激しい暴力が待っていることは、身をもってよく知っている。

「ええ。李朱夏も、耐え忍ぶしかできなかったのでしょう。あわれなことです」

『長幼の序』がしっかりと身についた娘であったという。

であるからこそ、年上であり、主が格上である爹爹には逆らうことができなかったであろう。なにより、そもそもの話だが遺体には拘束されていた形跡がある。最終的に行き過ぎた折檻がおこなわれようとも、逃げ出すことは難しかったと思われる。

逃げればよかったのに、とはあまりに無責任な言葉であり、被害者である朱夏にも問題があったのだと遠回しに責める言葉でもある。延明も好ましいとは思わない。

「しかし、爹爹に正式なる責任をとらせることができなかったのは痛恨ですが、おのれの命でもって償ったという事実は、手向けのひとつとなるでしょう」

「やっぱり、目撃者が保護されたから、焦って自裁したってことなんですよね」

「そうなるでしょう」

豸豸は、夜中に物品庫を訪問した女が宋紅子であると把握していた、と見るのが自然だろう。その宋紅子が暴室に収容されたことから、自分の身に捜査の手がおよぶことを予期し、自裁した——。

紅子は架空の罪で収容したが、結果的にこのような結末となってしまい、力がおよばなかったことについては多少悔いがのこる。

とはいえ、いつまでも思い煩っているわけにいかないのも事実だ。後宮を管理する掖廷署には、つねに問題が山積している。

「失礼いたします、掖廷令」

中堂の外から声がかかる。入れ、という前に、用件が述べられた。

「中宮娘娘がお呼びです」

やはり呼ばれたか、と思いながら立ち上がる。

華允にはつぎの仕事に移るよう指示を出し、署を発った。

中宮で待ち受けていたのは、延明が予想した通り「これにて収束である」という皇后のお言葉であった。

大長公主の死からずっと追っていた、炭が湿っていた件に関する追及を終了せよという命令である。落としどころを探せと言っていたその『落としどころ』がみつかったからだろう。

つまり、李朱夏による管理不備によって炭は湿ってしまった。それによって大長公主は薨去となり、豸豸は女主人の仇を討って朱夏を私刑にしてしまった。これは殺しではあるが、最期には自裁し豸豸はこの責任をとったものである、という流れだ。

もうここまできたら意固地になって反対する理由もない。延明は御意を告げ、椒房殿を出た。

長い階から院子におりると、ちょうど輿が三台到着したところだった。延明はわきによけて道を空け、袖をささげて深々と礼をとる。

先頭の輿から降りてきたのは、田充依だ。多子出産をいのる山椒柄の緞子を羽織っているが、小柄で細身であるのでずいぶん重そうである。延明に気がつくと、その気弱げな面をいっそう心もとなくうつむけて、大きなお腹を抱えながら、早足に階をのぼって行った。五つ輪に結いあげた髻と、そこから幾重にも垂らされた瓔珞状の装飾がうなだれながら揺れている。

おそらく、皇后を介して掖廷に圧力をかけてしまった自覚があるのだろう。それほどばつが悪く思うのなら、はじめからおとなしく女官らの聴取をさせてくれればいいものをと思う。

――いや、田充依はいまだ女官をまとめ切れていないのだったか。

宋紅子も聴取の際にそう述べていた。女官らが増長気味で歯止めが利かないところがあると。掖廷の聴取を拒もうとしていたのも、女官らによる希望であったのかもしれない。

――さきが思いやられる。

御子を産めば、さらに肩にのしかかる荷は増えるだろう。いまうまくやっていけないようでは、いばらの道が目に見えている。

憂う視線のさき、あとにつづいたのは虞美人と蔡美人である。

胡服が似合いそうなほど背が高く、きびきびと裾をさばいて歩くのが虞美人。簪こそ少ないが、小山のような高髻がすっきりとしており、よく似合っている。

背が低くてふっくらゆったりとしているのが蔡美人である。こちらは左右の鬢を膨らませるように上げた蝶垂髻だ。大ぶりの歩揺がまばゆい。

「田充依、いけませんわ。万が一があってはたいへんですもの、もっとゆっくりお歩きになって」

蔡美人がすでに息を切らしながら、さきをゆく田充依に声をかける。田充依は延明の姿を気にしながら、立ち止まって彼女たちを待っていた。

三人はおなじ皇后派である。いまから皇后も交えて茶席でももうけるのだろう。

——そういえば。

三人が過ぎ去って、ようやく延明は礼を解いた。

——田充依の鳳凰殿にもあのふたりは出入りをしていた。

しかも、朱夏が物品庫にすまいをうつした晩にも、蔡美人は訪問していたはずだ。

——ふくよかな体格、朱夏を折檻できるだけの序列……。

まさか、な。

考え過ぎだ。延明は椒房殿に背をむけ、掖廷へと帰って行った。

第三章　炭と鼠

皇后に従うか、太子に従うかというのは、なかなか難しい判断である。

皇后とは皇帝の対であり、内廷の統率者である。爵位や階級を超越した存在であり、なにより延明にとっては恩人でもある。

しかし太子は、延明にとって現在の主である。

友でもあり、いずれ玉座を得て皇帝となるという、延明の夢をかなえるために必要な権力を有した協力者でもある。

本音を言えば、どちらともうまくやっていかねばならず、表立ってどちらかに従うことは避けておきたいところだ。

延明はおだやかな微笑を浮かべつつ、内心では参ったなとため息をついた。

路門の一室にて、延明の正面に座しているのは太子である。

「捜査をやめてはならぬ」

太子はくり返した。大長公主の死と炭の件の話である。

この炭を管理していた朱夏が彖彖によって殴殺され、彖彖が自裁をしたことで、管理の不手際を問われるふたりが亡くなった。

昨日、これをもって捜査終了と相成ったばかりであるものを、待ったをかけに現れたのだ。

延明としては、ようやくこの方針に折り合いをつけたところであったので、枯葉のごとく翻弄(ほんろう)されている心地がしなくもない。

「しかし、娘娘(ニャンニャン)は収束を希望してございます。これは懐妊中である田充依(でんじゅうい)の体調を慮(おもんぱか)ってのことで」

「では、田充依を隔離し、体調に万全を期しつつしらべをつづけよ」

「……我が君」

「重臣が四人、鬼籍に入った」

言って、太子が挙げたのは皇后許(きょ)氏派の重臣の名ばかりだ。いずれも京師(みやこ)の――いや宮城の警備にたずさわっている。

「まさか」

「死因には殺しの気配はみじんも見受けられない。すべて不慮の事故に過ぎないとされている。しかし、真にうけてなどいられようか。殺しではないのに宮門警備の要職がつぎつぎと欠けているのだ。あまりにも出来過ぎだとは思わぬか」

たしかに、反論の材を持たない。

「再度言う。大長公主の件、終わらせてはならぬ。これは静かなる危機やもしれぬ」

＊＊＊

延明は掖廷へともどるなり、すぐさま用意を整えて安処殿へと足を運んだ。

皇后への説得は太子がおこなうとのことで任せ、再捜査である。

大長公主が炭毒で亡くなったのも、その炭に関連して豸豸が自害したのも安処殿である。朱夏は近接する鳳凰殿の敷地内だが、やはり安処殿で焚かれた炭に関連した死だった。

――鍵は安処殿にあるかもしれない。

重臣たちの不慮の死というのが、太子が言うように何者かによる殺しであったとするのなら……そう仮定するのなら、やはり大長公主の死もかなり不審であると言わざるを得ない。

「延明さま、まずは大長公主が亡くなっていた臥室からですか？」

先導する華允が問う。捜査は終わった、いや終わっていない、と朝令暮改にもっとも翻弄されているのは華允なのだが、いやな顔ひとつしないのがまことよい子供である。

延明はうなずき、童子が抱えた冊書からひとつをうけとった。捜査の記録だ。ひとつひとつ、見落としがなかったかを確認しておきたい。

鶴や亀といった長寿の願いがこめられた彫刻をわき目に、中堂にあがる。走廊を通ってすぐとなりの折れ戸が、死体発見現場となった臥室の入り口である。

きのうまでは見張りを立たせてあったが、それもすでに解除されている。なかはすっかり片づけられているだろうかと覚悟をしながら足を踏み入れた。

「あれ、あんがいそのまんまですね……」

折れ戸のうちに垂らされた帳をくぐると、華允が拍子抜けした顔で首を巡らせる。

延明も意外に思った。あの老侍女たちのことであるから、見張りがいなくなったのをこれ幸いと、すぐさまきれいに片づけて掃除をし、葬儀礼を迎える準備を整えていることかと思っていた。しかし実際には、大長公主の死後訪ったときとなにも変わっていないように見受けられる。

まだ見張りを解除して一日経たぬうちであるから、間に合ったのだろうか。幸運だなと思いながら、まずは幄のなかをしらべることとする。

見れば、臥牀もやはりそのままだった。綿敷きには、一部に失禁のしみものこされてあった。これらあらゆるものの位置と、当時の状況に照らし合わせて矛盾点はないかを確認する。地道な作業だ。

「それで、この綿掛けがこっちに落ちていたんですよね」

華允が畳んでおかれてあった綿掛けをひろげ、検分する。検屍のあと、八兆が畳んで片づけたものだ。

「……とくになんにも不審なところはないみたいです」

「火鉢にも、とくに細工があったような痕跡はありませんね」

亀を模した青銅の火鉢を確認して、延明は息をはいた。落胆するわけではないが、状況が大きく変わりそうな鍵は見当たらない。

帳をあげたり、鉦を鳴らして不寝番が待機していた控えの間にきちんと音が届くかなども確認したりしたが、なにも問題はなかった。

つぎに、控えの間をしらべる。

もし、大長公主の死がなんらかの方法による偽装殺人であったなら、そばで控えていた老侍女たちがもっとも容疑人として疑われるところだ。

臥室に直接つながっている控えの間は狭く、交代で仮眠をとるための牀、そして茣蓙、あとは棚がひとつ置かれただけで、ほとんどいっぱいであった。

棚には燭台と油、大長公主のための水差しや軽食が置かれたままとなっていた。あとは介助用の〝花箱〟と、排泄後にふき取るための絹や、処理に使う灰などである。

そろそろ老体には不寝番がつらかったのか、常駐医官らが調合したらしき強壮剤や気つけ薬のたぐいまでがみちっとならんでいた。念のため毒性も調べたが、これも問題がないようだ。

「なんにも出ないですね……。一度掖廷にもどって鼠の死骸でもしらべてみますか？」

「あちらは桃李にも問い合わせているところです。まずは返答を待ちましょう」

掖廷を出るまえ、事情をしるした書簡を桃花あてに送っている。点青を介して届くはずだ。なにか彼女が気づいた点があれば、連絡がある。

「つぎは女官らへのききこみをおこないましょう」

はじめに死体の第一発見者となった老侍女のふたりに会うため、ちょうど近くを通りかかった女官に声をかけた。

五十代後半ほどの、身ぎれいだが腰の曲がった女官だ。安処殿では長く仕えているような高級女官ほどこうして腰の曲がったものが多く、むしろ金鈴のような背筋が伸びて矍鑠とした人物のほうがすくないありさまだ。

女官は黄河と名乗ったが、金鈴と銀鈴の居場所をたずねると、あからさまに不快感をしめす。

「これ以上なにを訊くとおっしゃるの？　老太たちがもし珍嶺さまのあとを追ってしまったなら、ご遺体をいつまでもお返しくださらないあなたがたの責任ですわよ」

「あとを追うとは？」

「おかわいそうに、老太たちはすっかり弱ってしまわれているのですわ」

あの老侍女たちが？　と華允が目でうったえる。延明もにわかには信じがたい。

戸惑う延明たちを見て、女官はあきれたように首をふる。

「これだから、愚かな宦官は……」

女官は静かについてこいと言う。

「老太たちは、あそこですわ」

女官がさしたのは、敷地内にある松の下だった。木の根元に筵を敷いて、ふたりでぼんやりと座っている。

日当たりこそいいが寒いだろうに、どちらも身じろぎひとつしない。

「おふたりとも、もはやぬけ殻のようですの」

華允が「え……」と小さく声を漏らす。延明も声こそ出さないが、おなじ驚きをもって老侍女を眺めた。

つい数日前に見たときには老健そのものであったふたりだが、いまやめっきりと老けこんでいた。

頭髪は、あの若々しく頭上でふたつ輪にしたそろいの義髻もつけず、ただくくっただけ。遠目にも宮粉をはたいていないとわかる顔には深いしわが刻まれ、表情すら判然としない。金鈴までも背を曲げ、麻の喪服に身をつつんだ姿はまるで病床の老人のようだった。

「ああして、ひがなぼんやりとお茶を飲んでいらっしゃるのですわ。一日中、大長公主さまのお世話に奔走していたすがたなど、もはや嘘のようで……。こんな言葉よろしくありませんけれど、ぼけてしまわれるのも時間の問題ではないのかと……」

「これは……主をうしなった悲しみで、ということでしょうか」

「ほかにどのような理由があるとおっしゃるの。五十余年もの長きにわたって、人生のすべてをかけてお仕えしてきた主をうしなったのですよ？　とつじょ亡くなられたばかりか、そのままお別れすらできないとは、あんまりではありませんか」

「薨去された直後はまだ元気でいらしたようにお見受けしましたが」

「心労が祟ったのか、緊張の糸が切れてしまわれたのか……もう、坂を転がるようでしたわ」

女官は目を潤ませた。

「わたくしとて、四十余年です。四十余年もの長きをお仕えしてまいりました。……女の四十年がいかほどのものか、騾馬にはとうていご理解いただけないのでしょうけれど、夫も得ず、子もなさず、ただ若さと献身をささげてきた人生ですわ。主をうしなって、これからいったいどう生きて行けばよいか、わたくしとてわかりませんの。不安で不安でたまらないというのに、葬儀礼という区切りすらあたえていただけず。……老太たちはなおさらのことと存じますわ」

袖でそっと目頭を押さえて、「一刻も早く葬儀礼を」と女官は嘆く。

延明は力を尽くすことを誓い、女官と別れて松の下へと向かった。

金鈴と銀鈴は、まさに寒さで力尽きようとする秋の螽斯のようであった。

延明の質問にはしっかりと受け答えをするが、目の力の弱さが、生きる力の枯渇を感じさせる。ただ記憶力に問題がなかった点だけはさいわいである。

さまざまな確認を兼ねて、死体発見当時の状況について再度証言をしてもらったが、これまでの話と齟齬するような箇所が出てくることはなかった。

「老太どうか、お気をおとさずに」

最後に延明がそのように声をかけると、金鈴は小さな体をさらに丸めて小さくする。しなびた指が、肩が、震えている。

「掖廷令、どうぞお早く……。格式高い葬儀礼をもって、大長公主さまを見送ってさしあげとうございます。われら齢ももうじき七十を迎えますゆえ、いつ天寿となるやもわかりませぬ……」

「尽力いたしますが、そのような気弱なことをおっしゃらずに」

「そうです。これからは余生ですよ。後宮を出て、好きなことをしてすごせるじゃないですか。元気を出してください」

八兆のすがたを重ねたのか、華允が励ましの言葉をかけた。

すると背を曲げてうつむいていた銀鈴が、肥えた体を起こし、穏やかな顔で華允の頭をなでる。

「このくらいの孫のひとりでもいれば、余生も楽しいでしょうに。ねえ、金鈴」

「しかり。このすっかり老いたる身で、使いきれもせぬ金子を持たされ、いまさら後宮を出されても、余生など……」

寒さからか、あるいは心労からか、ふたりともすっかり顔色が白くなっている。

このままにしておくわけにもいかず、ひとを呼び、老侍女ふたりを任せると、延明たちはひとまず掖廷へともどることとした。

＊＊＊

「使いきれないほどの金子かぁ、おれだったらうれしいけれど」

体を温めるための粕湯を飲みながら、華允が言う。

「それは金子を楽しみに使うだけのあらゆる余裕があればの話というもの」と、呵々と笑い飛ばしたのは八兆だ。「老いさらばえて身体の自由もきかず、余生を寄り添う伴侶もなく、子孫の成長という未来もない。金子など、なにに使わんや」

「そういうもの？　年寄りが言うならそうなのかな」

「すくなくとも、安処殿の女官の多くは八兆とおなじような意見であったようですね」

いまさら余生など――ききこみの最中、そのようにつぶやく高齢女官は多かった。安処殿で働く女たちの平均年齢は五十を軽く超えており、律の上での『老人』とは五十八歳からをいう。

なお、みごと七十を迎えればいかなる民草であろうとも帝より王杖が下賜され、高級官吏とおなじだけの待遇を受ける資格を得ることができる規定である。

とはいえ、人の寿命とはそれほど長いものではない。めずらしいからこその恩典といえるだろう。五十で没する者も少なくない。

延明も童子から粕湯を受けとり、着座する。

掖廷署の中堂には延明のほか、華允や八兆、公孫などが暖をとりつつ一息をついていた。

公孫も火鉢に手をかざしつつ、「安処殿の女官は高齢者が多く在籍しておりますので、大長公主をうしなって途方に暮れる者は多いと思われますな」と述べた。

公孫の言葉はまさにそのとおりで、本来であればとうにお役御免となっていたはずの女官が多く慰留され、勤めているのだ。

彼女たちを頼り、引き留めていた主がいなくなったいま、貯えと慰労金を手に、あてもなく後宮を出るしかない状況だろう。

引きとってくれる縁者がいる者はさいわいだが、家族もすでになく、田畑を持ってもなく、寄る辺のない高齢女官はこれからどうやって生きていくのか、まさに途方に暮れているはずだ。

もっとも選択肢にあがるのは大長公主の陵墓に仕えることだが、年寄りだけで身を寄せあって、どのていど快適に暮らしていけるのかは不透明である。陵墓には、安処殿のように手伝いにきてくれる若い人員はいない。

「うーん、もっと早くにみんな解雇（くび）にして、若い女官にすげかえていればよかったってことなんですかね？」

「なんとも言えませんね。大長公主はあたらしい女官をそばに置くことをひどくいやがりましたから。仕方がなかったのでしょう」

それもこれも、痘痕（あばた）を気にしてのことだ。

若くうつくしい女官に顔を見られるのをきらっていた。それゆえに、あのように開放的な安処殿に暮らしていながら、狭い人間関係にこだわって生活をしてきたのだ。もはや執着といってもいい。

「つまり大長公主が亡くなって、みんな困っているってことですよね。万が一、大長公主の件が殺しだったとして、安処殿の年寄り女官たちにはなんの利得もないですよ」

「だからといって、いっさい関与していないとは限りませんよ。もしなにかがあったのなら、侍女や女官らが知らなかったでは通用しません」

「そも、殺しであったのかすら、いまだわからぬ状況にござりまするな」

八兆が的確な指摘をする。

そうだ。大長公主の遺体は、八兆が検屍をし、桃花が再検屍をした。どちらも入念な作業であたり、見えにくい傷痕の検出までもおこなっているのだ。見逃しがあったとは思えない。

「……」

これは、たまたま要職にある許氏派の高官が、まとめてひとときに亡くなっているだけなのか。偶然、そのような時期に大長公主が亡くなっただけなのか。

あるいは、すべて何者かの手引きによるものなのか。

わからない。わからないからこそ、言い知れぬ不安が足もとにわだかまっている。

＊＊＊

蒼皇子はこれまでずっと行き渋る様子であったものが嘘のように張り切って、外廷にある学堂へと出かけて行った。

それもこれも、闘鶏のためだ。

「学業優秀となれば鶏を飼ってもよいだなんて、うまい釣り餌(え)よね。なんて、こんな言いかた不敬だけれど」

才里(さいり)は堂内の掃除を終え、腰を叩(たた)きながらそんなことを言う。

ちなみにこの釣り餌を垂らしたのは皇后である。皇子が闘鶏に夢中であることを点(てん)青(せい)の報告で知ったのだろう。勇ましい闘鶏が描かれた屏風(びょうぶ)とともに、条件が書かれた書簡が送られてきた。蒼皇子はすっかり乗り気となっている。

「まあ学問さえ修めてくだされば、王として必要なことはおのずと身につくとも思いますし、よきことであるかと」

皇子が習う勉学とは、知識だけでなく教養もである。小人(知識人)ではなく君子となるための学堂なのだ。皇后はこれらをしっかりと学ばせ、封地にじゅうぶんな形で送り出したいと願っているのだろう。ひとつの愛情の形であると、桃花は思っている。

「さてと、あたしはそろそろ行くわ」

才里は帯に、皇后の使いであることを知らしめる鳳凰(ほうおう)の佩玉(はいぎょく)を垂らした。学堂での蒼皇子の様子をこっそりと観察し、報告する任をあたえられているのだ。

「いってらっしゃいませ才里。お気をつけて」

「ふふ、せっかくなら市(いち)に行きたいとこなんだけれどもね。ま、久しぶりの外だもの、楽しんでくるわ」

心持ち浮かれ調子の足どりで出かけるのを、まぶたをこすりながら桃花は見送った。才里の姿が見えなくなると、桃花ものろのろ弾む足どりで房へと向かう。なにせ留守番だ。これはまさに、夢のお昼寝満喫時間である。

待ちきれずに閉じようとするまぶたと闘いながら房につき、戸を開けたところで声をかけられた。

「老猫」

絶望だ。

ふり返れば、背後に立っていたのは点青だった。

「……わたくし、これから寝るところなのですけれども」

「あほうか。まだ午前もいいとこだぞ」

点青はそれより、と書簡を取りだし桃花に押しつける。見ないふりをしたが、だめだった。らちが明かないと判断した点青が、書簡を勝手にひらいて読みあげたのだ。

「〝外朝にて、許氏派の重臣の死が相次いでいます。いずれも殺しの様相は見当たらないようですが、どうにも怪しむべき流れであるのです。大長公主の死もまた無関係とも思えず、再度しらべたく思います。鼠の死骸に関することなど、なにかほんの些細な事柄でもかまいませんので、気がついたことがありましたら助言願います〟だと。

色気のかけらもない手紙でいっそ感心する」

むしろ色気のある手紙とはどのような？　と思いつつ、返信を口にする。

「〝紅斑は軽微なやけどの可能性あり〟でお願いいたします」

「なんで口伝」

「時間と木簡が節約できて大変よろしいかと」

あくびをこらえつつ答えると、点青は「俺はこう見えて高級官吏なんだが」などとぶつくさ言いながらも去って行った。たいへんありがたい。

安心して房にすべりこみ、そのままの勢いで臥牀に飛びこもうとしたが、敷布の上に積み上げられた巻子の数々に阻まれた。

「……なんでしょう、これは……」

もう巻子のうえに寝てしまおうかとも思ったが、念のため、かけられた楬を確認する。――死体検案書のうつしだ。そればかりでなく、調書や捜査資料まである。

「うぅ……延明さまがわたくしを寝かせてくださらない……」

延明に頼まれて点青が運びこんだのだろう。ひどすぎる。いや、そもそも才里を外に出したのも根回しによるものなのか。やっぱりひどい。あんまりだ。

寝たいという欲望と闘いながら、しかたがなく日付の古いものから順に目を通す。

大長公主の件、その炭の出どころとなった女官が殴殺された件、そして女官殴殺の犯人とみられる女官の服毒死の件、計三件ぶんだ。

ところどころ意識がなくなりつつもなんとか内容を把握すると、すべてを几にどかして臥牀に寝ころぶ。これといって、至急延明に伝えねばならないような問題点は見つからなかったように思う。

鼠の紅斑の件も伝えはしたが、あれが軽度なやけどであったとして、だからなんだというのかと尋ねられれば、わからない。

ただ三件の死には炭という共通項があり、鼠のやけどもまた、炭を連想させる。

――たとえば、鼠の死骸が偽装だったとして……。

考えたが、やはり思考はすぐに行き詰った。

鼠の死骸が偽装であると仮定しても、大長公主の死が炭毒以外のものであったと疑わせる鑑定結果は出ていないのだ。

故意に炭毒を発生させられた可能性も考えたが、炭を湿らせておいたからと言って、殺しがうまくいくとは到底思えない。暗殺を謀るにはあまりに不確実だ。

その不確実性を狙ったものであったとしたら、正直なところお手上げである。

炭をあつかった女官は、すでに物言わぬ人となってしまった。

完全犯罪、という言葉が頭をよぎる。

「……」

桃花(とうか)はごろりと寝返りをうち、起きあがった。眠れそうにない。

完全犯罪という言葉は、桃花の父がよく口にしていた言葉でもあった。検屍官さえ協力をすれば、いくらでも完全犯罪が可能だというのである。

さらには金銭でそれを請け負うことで、いくらでも商売が成り立つなどと考えはじめて、そのことで祖父と口論をくり返していた。

祖父が殺されたのは、すぐのちのことである。

延明は宦官(かんがん)を『孝なきひとでなし』などと蔑(さげす)んだが、その理でいくと、桃花もまたひとでなしである。父を敬う心などみじんも存在せず、むしろ祖父の仇(あだ)として心のなかで片時も忘れることなく憎んでいる。

つねに熾火(おきび)のように心の奥深くで静かに燃えている怒りが、ふと火を吹いて腸(はらわた)を熱くする。

桃花は両手で顔を覆い、ぐっと爪を立てた。

桃花は顔を洗うのがきらいだ。水桶(みずおけ)のなかにこの顔を見るのがきらいだ。父の面影が濃い、この顔がきらいだ。――あの、「桃花が男だったら」と、つねにため息まじりに落胆の顔で娘を見ていた男がきらいだ。祖父殺しの件がなくとも、桃花は父が大きらいだった。

では母はどうかといえば、こちらはあまり感慨がない。

男児を産むことがかなわなかった、哀れな母だ。いまごろそれを理由に離縁されていることだろう。父は家の厨を任せていた婢女に手をつけ、奴婢の身分から解放までしてやったくらいであるから、いまごろ正式に後妻として迎えているのかもしれない。

あれほど願っていた男児は生まれているだろうか？　生まれていなければいい。

そう思うくらいには、桃花は父を心の底から憎み、恨み、嫌悪している。父の血統は自分で途切れてしまえばよいとも思う。まさに孝なきひとでなしだ。

「……眠れませんわ」

臥牀のうえで上体を起こしたところで、戸が叩かれた。

「おい老猫。延明が掖廷にきてほしいってよ！……ったく、おれは使い走りじゃないんだぞ」

今後は断固、逆にこき使ってやる！　と憤る点青の声がきこえた。

＊＊＊

用意されたのは官奴としての粗末な上下ではなく、宦官の袍だった。

これはつまり宦官・老猫として会った人物でもいるのだろうかと想像したが、そういうわけではなかったらしい。

「さすがにすり切れたぼろでは、出歩くには寒いかと思いまして」

掖廷へと向かう途中にて待ちかまえていた延明が、そのように説明する。

桃花はぱちぱちまばたいた。

「出歩くのですか？　検屍ではなく」

「ええ。いま娘娘の協力をいただきまして、鳳凰殿をあけてもらっているのです。李朱夏の死亡現場をもう一度しらべにいきますので、ぜひごいっしょいただきたく」

なんでも、鳳凰殿のあるじである田充依は掖廷の捜査を好まないらしい。

そこで皇后に会席の場を設けてもらい、その間に手早くしらべにはいるのだという。

「ああ、それでさきほど虞美人さまと蔡美人さまも椒房殿へ向かわれたのですね」

皇后許氏派の会席というわけだ。それも蔡美人が自慢の庖人を連れていたから、きっと皇后らにもあの味をふるまうのだろう。

「しかし延明さま、捜査に入るにしては身軽でいらっしゃるのですね」

華允や八兆の姿はなく、ひとりである。書き付けや筆などのたぐいは、小間使いの童子が背負っていた。

「署ではこれから月俸の分配と運搬があるものですから、こういうときに動けるのは逆に長官である私くらいしかいないのです。かといって、ひとりでしらべにあたってもなにかを得られるとは思えませんし。それで桃花さんを」

「では、検屍ではなく捜査の相棒ということですね」

「そういうことになります」

さあ行きましょう、と案内する延明（えんめい）につづいて後宮門をくぐり、二区を目指す。

太陽は南の空に白く輝いているが、この日も気温は低く、吐く息は白かった。後宮をまっすぐに貫く大路の左右には下水路が掘られており、そこからは蒸気霧（けあらし）のように靄（もや）がたっていた。荷車を引いて行きかう宦官（かんがん）らの顔色は、靄とおなじほどに白い。

さいわいなことに、延明が用意してくれた袍（ほう）はしっかりと真綿（まわた）が詰められ、厚手の裏地がついた立派なものだった。もし麻の単（ひとえ）で歩かされていたらそれこそ凍死するところだったので、ありがたい。

もしかしたら桃花（とうか）が延明の体を心配するように、延明もまた、桃花の健康を気遣ってくれているのかもしれない。そんなふうに思うと、友とはいいものだなと実感する。

才里（さいり）も歯を磨けだのきちんと臥牀（ねどこ）で寝ろだのといろいろ口うるさく注意してくるが、あれもまた桃花を思ってのことだとわかっている。思いやりだ。

「友情とはいいものですわ」

「なんですか、急に」

友とは、祖父が桃花にあたえてくれたあたたかさと、おなじものを与えてくれる。

それは父からも母からも、姫（き）家のひとびとからも受け取ったことのない感情だ。

延明はとなりを歩く桃花の顔をじっと見て、それから弱り果てたように片手のひらに顔を伏した。

「……そのように幸せそうな顔をなさる」

「顔に出ておりました？　すみません。物見遊山に参るのではありませんのに」

あわてて表情を引き締める。

「責めているわけではありませんが」

「けれども延明さま、歩く時間も惜しいところですので、これまでの情報を整理しながら参りましょう」

「なんとも切りかえが早い」

若干あきれた顔をしつつ、「では」と延明は切り出した。

「書簡でお伝えしたとおり、大長公主（だいちょうこうしゅ）の死は何者かの手引きをうたがわざるを得ない状況です。しかし現状、検屍において異常は見つかっていません。突破口となりそうな違和は、『炭』そして『鼠の死骸（しがい）』のふたつのみです」

炭はなぜ湿っていたのか。

鼠はなぜやけどを負っていたのか。

このふたつの謎が解ければあるいは、と延明は考えているらしい。

けれども桃花はやはり懐疑的だ。

「まずは炭の件ですけれども、たとえば炭を故意に湿らせたとして、なにができましょうか。爆跳するか、火が消えてしまうか、多くの場合はせいぜいそのくらいかと存じます。炭毒を発生させて殺すのでしたら、消すのではなく、逆に大量に焚いたほうがよほど効果もあるものでしょう。木炭ではなく、石炭を焚くというのも選択肢かと存じます」

「反論が難しいところですね……」

「ですので、炭が湿っていたのは、たとえ故意であったとしても、暗殺を目的とするものではなかったはずですわ。……むしろ火が消えていて、綿掛けが落下していたことのほうが問題であるような気もいたします」

桃花は目を細め、手を口もとにあてて思案する。

「一見すれば凍死の様相ではありませんか。むしろ炭は、凍死の偽装をおこなってあったように見えなくもありません」

「たしかにそうですね……しかし発見された鼠の死骸が凍死を否定し、大長公主の死因を炭毒であると鑑定するひとつの判断材料となった」

延明は胸のまえで腕を組み、空を仰ぐ。

「ところが、今度はその死骸にやけどらしき紅斑が見られる。ああ、このやけどについてちょっとした仮説を思いついたのですが、きいていただけますか」

たとえば……と延明は述べた。

「炭を壺のなかで燃やし、そのなかに鼠を焼けぬように入れて密封する。行きどころのない炭毒によって鼠は中毒死するでしょう。このように作成した鼠の死骸を幄のうえに置いておけば、幄のなかで炭毒が発生した状況を偽装できます。やけどは壺のなかで負ってしまった。──どうでしょう？」

「つまり延明さまは、大長公主さまの死因はほんとうは中毒死ではなく、鼠の死骸はそう見せかけるための偽装であった、とお考えになってらっしゃる？」

「すみません。ご理解いただきたいのですが、あなたの検屍を軽視しているわけではありません」

「いえ、そのようなお気遣いはけっこうですわ。わたくし、自分の検屍がぜったいであるとは思っておりません。けれども、大長公主さまの死を炭毒による中毒死と偽装したかったのであれば、やはり炭を湿らせておくという工作には意味を見いだせなくなってしまいますわ」

それに、この仮説を証明するには、大長公主からほかの死因を割り出さなくてはならない。毒検も反応せず、見えにくい傷痕の検出においてもなにも所見はあらわれなかったが、どういうことなのか。

「では、こういうのはどうです。大長公主は凍死であった。死体をまっさきに見つけた爹爹は火が消えている事に気がつき、責任をのがれるために炭毒による中毒死を偽装した。――いや、だめですね」

「ええ、侍女よりさきに臥室に入ることはまずないでしょう」

延明はうなった。

「なんだか、わけがわかりませんね……」

炭が湿っていたのは作為によるものであったのか、偶然であったのか。

鼠の死骸は偽装なのか。偽装であれば大長公主が中毒死したと思わせるための偽装と考えるのが順当だが、大長公主の身体には他殺の形跡がみられないのはなぜなのか。

いくら考えても、これといった解答は見いだせなかった。

そうこうしているうちに、鳳凰殿までたどり着く。鳳凰殿も安処殿と同様、塀で囲んだ四合院とは異なるつくりで開放的だ。大門や側門をぬける必要がなく、李朱夏の死体が発見されたという物品庫まではあっという間だった。

「正直なところ、朱夏殺害に関してはとくに問題を抱えてはいません。死因はあきらかですし、被疑者であった爹爹という女官は自裁してしまいましたが、事件当夜に朱夏と会っているところを目撃されています」

「紅子さんの証言ですね。けれども、紅子さんが実は犯人で、嘘の目撃証言をでっちあげて爹爹というかたに罪をなすりつけることも可能だとは思われますわ」

あくまでも可能性の話だ。桃花は紅子を信じている。

桃花の気持ちを汲みとったうえで、延明は「けれども爹爹の自害に不審な点は見つかっていません」と否定した。

「爹爹の自害に不審点がない以上、折檻をおこなったのは爹爹であるのだと考えます。ただ当夜、この建物のなかにいたのが被害者の朱夏、そして加害者の爹爹だけであったか否かというのは、疑問を差しはさむ余地があると思うのです。それに、目撃された『ふくよかな体格をした女』というのも、ほんとうに爹爹であったのか……」

延明は爹爹の自害に不審点はないと言いつつも、当夜の目撃証言の受けとり方には迷いを感じているようだ。

「もしや、ほかに疑わしいかたがいらっしゃる？」

問うと、延明は厳しい表情で物品庫をながめた。

「老侍女の銀鈴の話は以前もしましたね。銀鈴は体格と序列という点では該当するものの、若い娘を打ち殺すには膂力が足りないと」

「はい。わたくしもその点は同意しておりますわ」

「しかし目撃証言の該当者はもうひとりいたのです。事件当夜、この鳳凰殿に出入りしていた、蔡美人です」

蔡美人、と桃花は目を丸くした。

ある。

蔡美人は側室で、朱夏を折檻をするだけの階級があり、体形もたしかにふくよかで

「蔡美人が朱夏を折檻する理由は、と尋ねられれば答えを持ちません。しかし条件は当てはまっています」

しかも鳳凰殿を頻繁に出入りしており、人を使えば炭に細工をすることも不可能ではなかったという。

「今回この物品庫をもう一度しらべにきたのは、そういった経緯もあります。豸豸のほかにだれかがいた形跡はないか、あるいは、蔡美人がきていた痕跡はなかったか」

「そういった視点で見ればよいのですね。承知いたしました」

物品庫は漆喰塗りの壁で、南からの日差しをうけて白く輝いていた。戸口は南面する壁の右端に切られている。だがまだなかには入らない。

「延明さま、紅子さんが言っていた窓というのは？」

「それはこの反対側です。行ってみましょう」

かさかさとした枯れ草を踏みしめながら、北側に回る。

『建てつけが悪くてちょっぴり明かりが漏れてた』と紅子が証言した突き上げ窓は、北面の壁に切られてあった。壁に向かって、右端である。比較的高い位置にあるので、桃花ではのぞきこむのもぎりぎりだ。

「たしかに触るとガタガタとしていますね。窓蓋が蟻にやられて隙間も空いている」

延明が閉じられた状態の窓蓋を揺らしながら言う。

強引にひっぱって窓蓋をあげれば、内側には粗いすだれが貼られてあった。防虫のためだろう。

しかしこのすだれには透光性があり、外が明るいときはなかをのぞくのは難しいが、逆に、外が暗くてなかが明るければ、隙間からあるていど内部をうかがうことができそうだった。

「ここから宋紅子が朱夏を見たとき、まだ折檻はおこなわれていないようであったといいます。だれかと会話をしている様子で、戸口にまわって声をかけた」

「ほかに窓は？」

「ありません」

ぐるりと右回りで正面にもどる。周辺もよくよく見て歩いたが、とくに目につくようなものはなかった。

桃花は片開きの戸をこんこんと叩く。

「紅子さんは、この戸を叩いてなかに声をかけたとおっしゃっていました」

そうしたら、なかから低い声で凄まれたという。紅子は思わず細く戸をあけて、なかをのぞいてしまった。

桃花は再現するように細く戸をあけて、なかをのぞきこむ。

内側には風よけの帳が垂らされていた。いまは午どきで外のほうが明るいので、なかはほとんど透かして見ることができない。桃花は帳をぬけてなかに踏み入った。

入ってすぐに一席、左側に一席が対面でもうけられており、延明はそのちょうどあいだの地面を指さした。

「ここが、李朱夏が倒れていた場所になります」

桃花はうなずき、建物内部をぐるりと眺める。

さきほど確認してきた突き上げ窓は、左手奥に見えた。北側には櫃や棚があるので多少邪魔にはなっているが、内部をのぞくことはやはり可能である。

ただ棚の位置からして、見ることができたのはちょうど左側の席にいた人物だけだっただろう。それも足もとまでは見ることができなかったはずで、加えて、入り口側の席にいた『ふくよかな体格をした女』の姿までは確認できなかったはずだ。

桃花はああ、と思った。延明の袖を引く。

「わたくし、事件当夜ここにいたのがだれであるか、わかりましたわ」

＊＊＊

「ほんとうですか？」

延明は驚いて、思わず桃花の肩をつかむところだった。

すんでのところでこらえる。

「特定にいたった理由をお聴きしても？　いえ、待ってください……」

延明はゆっくりと物品庫のしつらえを見渡した。わかった、とつぶやく。

「賓主の礼ですね？」

『賓主の礼』とは、賓筵と主筵のことだ。

礼節において、西を賓客の席とし、東をもてなす主人の席とするものである。

簡単に言ってしまえば、西が上座、東が下座である。

桃花とともにこの物品庫を外から見て、窓を見て、戸口から中に入って、なんとなく違和感を抱いていた。

宋紅子によると、朱夏とは礼節をたいせつにする娘であったようである。礼節を守るのであれば、『賓主の礼』も守られていたはずだ。

「この建物は南に入り口があり、壁の右端に戸口が切られてあります。つまり入って左が西の上座。入り口側が東で下座。礼をあてはめれば、入り口側に豸豸がいるのはおかしい！」

豸豸は朱夏とおなじ『順常』の位だが、検屍の際にきいた年齢を思いおこせば、歳上であり、そして主人の格もまた上である。豸豸と朱夏が向き合って着座したなら、この場合は『長幼の序』を守る朱夏が下座であったはずだ。

と、ここまで推察して、行き詰った。

「いや待ってください。では、下座である入り口側にいたという『ふくよかな体格の女』とは、いったい……？」

蔡美人も疑っていたが、蔡美人であればなおのこと朱夏より格上である。側室ともなれば、だれにすすめられずとも、戸をくぐったらまっさきに上座につくものだ。老侍女の銀鈴も格上で、上座につくのはもちろん、そもそも若い朱夏を打ち殺すだけの膂力をそなえていない。

また、礼のとおりに朱夏が下座についたと考えるのも妙である。検屍でしっかり見ていたが、朱夏は小柄な女だった。とても『ふくよか』と表現される体格ではなかった。これでは目撃証言と異なってしまう。

延明は困惑した。

――これでは、該当人物がいなくなってしまうではないか。

「つまり事件当夜ここにいたのは、下座につくような、朱夏よりも格下かつ若い女である、ということでしょうか……？」

「いいえ、下座にいたのが朱夏さんよりも格下かつ若い女性であった場合、これでは朱夏さんが折檻をされるいわれがなくなってしまいます。さすがに格下の女官に手を拘束されそうになれば抵抗するでしょう。けれども物品庫には争った様子はございません」

「事件に関係のない客であったということは……？」

「紅子さんが感じた雰囲気からして、目撃した当時、すでに尋常ではない状況であったはずですわ。そうでなければ、脅す必要がありません」

「……降参です。爹爹ではなく、ほかのふたりでもないとなると、まるで見当もつきません」

いいえ、と桃花は延明をまっすぐに視線で射た。

「わたくしはやはり、爹爹さんであると考えますわ」

耳から入った言葉を咀嚼して、けれども飲みこめない。

延明はおのれの不甲斐なさにため息をついた。

「なぜ、そのように？」

礼を守れば、爹爹は上座である。

また、たとえ朱夏が守らなかったとしても、爹爹のあの性格からして、おとなしく下座におさまったとは思えない。

桃花は「上座と下座の考えは正しいと思うのです」と言った。だが正しいならば、なぜ宋紅子が目撃した下座の人物を豸豸であると考えるのか、延明にはわからない。

「延明さま、さきほどふたりで外からなかを眺めましたけれども」

桃花は左奥に見える突き上げ窓をしめす。

「あの窓は位置が高く、すだれが貼られてあります。すぐ前には棚までおかれ、暗いところから明るい室内はよく見えるものだとしても、灯されていたのはしょせん灯燭です。昼ほど明るくはなりません。その状態でのぞいたさきは、はたしていかほど鮮明であったと思われますか？」

桃花はつづける。

「そもそも紅子さんが見たという人物は、すなわち上座にいたという人物は、ほんとうに朱夏さんだったのでしょうか。朱夏さんに会いに来た紅子さんが、朱夏さんの住まいをのぞく――そうして見えた朱夏さんとおなじ体格の女性がいたら、それを朱夏さんであると思いこむ可能性はありませんか？」

「まさか……！」

疑義を投げかけようにも、言葉が出ない。

宋紅子はたしかに「はっきりとはしなかったんだけど、朱夏がだれかとしゃべっているような感じだった」と言っていたではないか。

「では、だれと見まちがえたのか。もちろん体格が異なればさすがに気がつきますから、近しい体格——小柄な人物でしょう。後宮数千人からいえば星の数ほどおりましょう。けれども、条件がありますわ」

ひとつ、と桃花は指をたてる。

「朱夏さんを折檻する理由があった人物であること」

ふたつ、と桃花はもうひとつ指をたてる。

「会話の相手である『ふくよかな体格の女性』よりも格上であること」

みっつ、と桃花は指を増やす。

「体格のみならず、髪型も朱夏さんと似ていること。以上ですわ」

「髪型！」

たしかに髪型まで大きく異なれば、宋紅子も別人であると気がついただろう。

「わたくしの房（へや）に送りつけられていた資料によると、朱夏さんの事件において目撃証言を得るまで捜査の対象としてらしたのは、鳳凰殿（ほうおうでん）の『順常（じゅんじょう）』以上の女官。そしておなじく、近接する安処殿（あんしょでん）の『順常』以上の女官。くわえて、事件当夜に出入りがあったという蔡美人（さいびじん）とその高級女官たちでした」

そうだ。なお、虞（ぐ）美人も鳳凰殿を頻繁に出入りしていたようだが、この事件当夜は訪れていない。

「ではここから絞りこんで参りましょう。まずひとつめの条件となる折檻の理由とは、周辺捜査でとくになにもあがってこないことからも、やはり炭に関する揉(も)めごとであると思われます。また、折檻で殺すというのは非常に時間と手間のかかる殺しかたであるので、目撃される恐れも出てくることから殺害が目的であったとは考えにくく、目的はたしかに折檻であったと思われます。口に詰め物もされていたようですので、拷問でもありません」

「ええ」

「ですので、蔡美人(さいびじん)とその女官たちを除外いたします。蔡美人は体格が朱夏(しゅか)さんとは異なりますし、炭にかかわっておりません」

「いや……待ってください。かかわっていないとは限らないのでは？　体格で蔡美人を除外するのはわかりますが、炭を湿らせたのが蔡美人の侍女である可能性はのこっているでしょう。そのつながりで揉めごとがあったのやもしれません」

「そうであれば、なおのことですわ。たとえば侍女のだれかが秘密裏に炭を湿らせる細工をおこなったのだとして、では朱夏さんを折檻する必要があったでしょうか？　申しましたけれども、折檻とは時間と手間がかかります。重大な秘密を抱えた人物が、だれかに目撃される危険性が高く、捕まる可能性のある行動を起こすでしょうか。たとえ侍女が朱夏さんに命じて炭を湿らせる工作をおこなわせ、その後、なんらかの軋(あつ)

轢が生じたと仮定しても、折檻という手段をとったとは思えません。口封じでしたら折檻という手段は選びません」

「なるほど……」

では、のこるは安処殿と鳳凰殿の『順常』以上の女か。

「つぎに、みっつめの条件に移ってしまいますけれども、体格は朱夏さんのように小柄であると思われることから、鳳凰殿の高級女官をのぞきます。これは紅子さんがそういう体格の人物はいないとおっしゃっていたからです」

たしかに、宋紅子が桃花たちに話していたなかで、『朱夏以外は、引き締まった体で上背があるやつらばっかりだ』との言葉があった。

「しかしこれは女官に関する話でしたので、田充依さま自身は除外いたしません」

「田充依、ですか」

田充依は掖廷の捜査では容疑人として含めていなかった。身重であるということもあり、まさか穢れに触れるようなことはしまいという先入観があったことは否めない。

そして田充依はたしかに小柄だ。腹はだいぶ大きくなってはきたが、それでも角度によっては見てもわからないかもしれない。

「では、のこるは安処殿の高級女官と田充依ですか。いや、安処殿の高級女官は背の曲がったものが多い……」

身ぎれいだが背の曲がっていた黄河という女官のように。

さすがに背が曲がっていれば奇妙に思うだろう。したがって、安処殿の多くの高級女官は除外される。

「小柄で背が曲がっていない高級女官は、金鈴くらい。つまり、ふたりに絞られる」

金鈴か、または田充依か。

「あとは髪型ですわ」

髪型、と延明は記憶を深く掘り起こす。

「……金鈴は義髻ですが、ふたつ輪の飛仙髻でした」年齢に相応しない若々しい髪型であったので、覚えている。「田充依は、それよりも輪が多い髪型であったように思うのですが……」

しかし、肝心な朱夏の髪型がどうであったかは思い出せない。

「参りました」

延明は諦めと感心をこめて、息をはいた。

「存じあげません」

桃花さんは、朱夏の髪型までご存じなのですね」

耳を疑った。桃花は「存じあげませんわ」とくり返す。

「え……?」

「それに髪型は毎日変えるものではありませんけれども、毎日おなじであるとも限りません。記憶しておくのは無駄であると存じます」

「で、ではいったい」

「明確なことですわ。側室の髪型と、侍女の髪型が似通うことなどありえません。髪結い係はその点非常に気を遣いますし、侍女が歩揺や簪のたぐいを側室のように飾ることなどできないのですもの」

あ、と思う。

意表を突かれた思いだった。

たしかに、田充依は重そうな瓔珞をぶら下げていた。あれはどうあっても侍女には不可能だ。

「つまり――」

「はい。紅子さんが見たのは、きっと金鈴さまであったと思われるのですわ」

金鈴！　けさ会ったときにはすっかり弱っている様子であったが、それはいったいいつからであったのか。

ぼう然とする延明に、桃花は説明をつづける。

「そして金鈴さまが上座にいらした以上、下座は銀鈴さまか豸豸さんしか該当いたしません。ただし、わたくしは金鈴さまと銀鈴さまのどちらが序列として上であるかを把握しておりませんので、あくまで暫定です。とはいえ、もし物品庫にいたのが金鈴さまと銀鈴さまのおふたりであったのでしたら、朱夏さんを殴殺できたか疑問に思うところです」

「たしかに……手を拘束し口に詰め物をし、二分の太さしかない杖で打ち殺すには、老人ふたりではやはり膂力が足りないでしょう」

打ち殺すというのは、いうほど容易ではないのだ。

「はい。ただし、これは建物内にいたのがふたりであったと仮定した場合です。金鈴さま、銀鈴さま、豸豸さんの三人が滞在していた可能性も考えられます。このばあい円座ではありませんので、席の配置から見て、三人の席次とは金鈴さまと銀鈴さまでならんで上座に座るのが正しくなり、やはり下座に座るのは豸豸さんひとりだけであるかと」

しかも宋紅子が窓から見たかぎりでは、上座にふたりいたという証言はない。

「だから、宋紅子が見たのは豸豸である、と。そして上座にいたのは金鈴ひとり」

「もちろん、たまたま死角にいたという可能性ものこってはおりますけれども」

延明は深呼吸をし、壁に背を預けた。

「……死角といえば地面もですね。もしや朱夏はそのときすでに」

「おそらくは……」

宋紅子は窓からのぞいたとき、上座の人物がだれかとしゃべっている様子であった、そして、折檻をしているような様子ではなかった、と言っていた。このときなにも危険なことが起きていなかったのならば紅子を脅す必要はないのであり、直前または進行中であったのなら呻き声のひとつでもきこえていただろうと思われる。

李朱夏はすでに唸り声すら上げられない状況となっていた――そう想像するのが妥当だろう。

桃花は、朱夏が冷たくなっていた土間を悲しそうに見やった。

しばらくそうしていたかと思うと、急になにか考えこむ様子を見せ、それから顔をあげ、硬質な声音で「延明さま」と呼ぶ。

「わたくし、豸豸さん、そして大長公主さまの再度の検屍をいたしたく存じますわ」

「！」

息をのんだ。

「検屍……もしや、なにかわかったのですか？」

期待をこめて問う。

しかし意外なことに、桃花は首を横にふった。

「いいえ」

「……では、なぜ？」

「鼠と炭ですわ」

そう言う桃花の表情は、これまで延明が見たなかでもっとも緊張と、そして静かなる怒りが感じられるものだった。

「この件、いいえ、これらの件、検屍術に精通した何者かの手引きがあるのかもしれません」

＊＊＊

至急、掖廷へともどるあいだ、桃花はとにかく憤っていた。

目の奥には爛とした怒りが燃え、歩調も彼女としては驚嘆するほど速い。体力さえあれば走ったのではないかと思うほどだった。

「桃花さん、どうか落ち着いて。遺体は掖廷にてしかと安置されてありますから、逃げやしません。それよりあなたが過呼吸などで倒れてしまえば、だれが検屍をおこなうのですか」

冷静にと宥めて、ようやく歩調が落ちる。

肩で息をしながら、桃花は「もっと早く気がつくべきであったのですわ」とくやしそうに歯嚙みした。このように取り乱した桃花ははじめて見た。

「教えてください、あなたはなにに気がついたのです？　炭と鼠が、とのことでしたが」

「往路でわたくしたち、ちょうどおなじ話をいたしました」

「え、ええ」

そうだ。二区へと向かいながら、『炭はなぜ湿っていたのか』、『鼠はなぜやけどを負っていたのか』、このふたつについて考察した。

「しかし答えという答えは出せませんでしたが」

「いいえ、あれでよかったのですわ。べつべつに考えれば、ほとんど答えは出ていたのです」

――答えは出ていた？

「延明さま。くり返しになってしまいますけれども、まず、炭が湿っていたのは暗殺目的ではないのです。暗殺が目的でしたら、あまりにも不確定要素が強すぎます」

「はい。それは納得しましたが……」

「重要なのは、火が消えていたこと。そして綿掛けが落下していたこと。ご遺体発見時のこの状況ですわ。これは一見して凍死の状況です。やはり炭は凍死の偽装を狙ったものだったのです」

しかし、と延明は疑問をていする。

「偽装というなら、むしろ鼠の死骸のほうが強く怪しむべき点があるのでは？」

やけどの痕跡があり、これは『炭毒によって中毒死した鼠』を作成した際についたものとも考えられる。

そして鼠の死骸が偽装であるなら、ねらいは中毒死であると偽装することだろう。これでは凍死への偽装とは相反してしまう。

延明がそう言うと、桃花はいいえと首をふった。

「相反しているのではありません。併存していたのですわ。――すなわち、どちらも偽装。偽装は二種類あった。これでよかったのです」

「二種類の偽装……」

「そうです。凍死の偽装で検屍官をだませればよし。よしんば疑われたとしても、鼠の死骸が発見されれば炭毒による中毒死と判断されるでしょう。二重、二段構えの偽装です」

つまり、桃花が発見せずとも、捜査の流れによっては細工者みずからが鼠の発見者を装うつもりであったということか。

「いずれにせよ、偽装とは真実を覆い隠すためにおこなわれるものであり、真の死因はほかにあるはずですわ」

「ですが失礼ながら、二度にわたる念入りな検屍でもなにも出ていません。算段はあるのですか？」

「はい」

桃花は首肯し、いま一度強く怒りの火を瞳に宿す。

「これはわたくしの失態です。これらの偽装は検屍の知識がなければ容易には思い至らない細工ですので、検屍の知識がある人物が関わっているとみるべきなのですわ」

掖廷の門が見えてきた。

桃花は、「でしたら、隠ぺい方法に心当たりがございます」と低くつぶやいた。

＊＊＊

女官の名籍にしたがって月俸を集計し、必要となる金銭と粟米を車にのせ、後宮の全十四区に点在するそれぞれの殿舎で待つ女官長に届け、受け取りの記名をもらうまでが掖廷の仕事である。

午をまえに任を終えた車がぞくぞくともどりはじめ、掖廷署は繁忙を極めていた。記名をもらった台帳が飛び交い、その記録確認と浄書、木簡の編綴などで目が回るいそがしさだ。くわえて、やれ運搬用の車が壊れた、やれ粟米が足りなかった、銭を封入した袋がやぶれて散らばってしまった等々——月俸支給日は月に一度、署がもっとも慌ただしくなる一日である。

よって桃花とともに署にもどってきた延明は、まず人員の確保に苦労した。

検屍は少人数でもかまわないが、捕り物がある。

炭の偽装はまだしも、大長公主という貴人の臥室内、それもさらに内である幄のうえに鼠の死骸を置くことができた人物は限られている。しかも大長公主がまこと殺しであったのなら、不寝番をしていた侍女がなにも知らないはずがなく、以上のことから老侍女・金鈴と銀鈴が容疑人として想定されているのである。

金鈴に関しては朱夏の件でも話を訊かねばならず、自裁した爹爹の件もどうにもあやしいところである。

検屍結果が出しだい、ふたりを同時にかつ丁重に確保したい。

この丁重にというのが厄介で、獄吏だけではこころもとない。華允でも、すこし懸念がある。やはり副官である公孫を指揮に置きたいところで、公孫の手をあけるためにさらに人員を動かし、調整し、ようやく延明が掖廷獄の院子へと駆けつけたときには、すでにあらかたの検屍準備が整っていた。

「遅くなりました、老猫」

火炉のまえで、なにか液体の入った鍋をあたためていた桃花に声をかける。さすがにほかの掖廷官がいるので「桃花さん」とは呼べない。

ふり返った桃花は、やはりぴりぴりとした雰囲気をまとっていた。

眠そうな顔をするでもなく、誇りを秘めた凜としたまなざしでもなく、あきらかにいつもとちがう様子である。非常に気になるところではあるが、まずは検屍だ。

院子には、深さ三尺（約七〇センチ）の大きな穴がふたつ掘られてあった。底にはまんべんなく炭と柴が敷かれ、燃やされている。これは爹爹の一度目の検屍で使用した窪みとおなじ役割を果たすものなのだろう。死体をあたためてやわらかくするためのものだ。

穴のわきには、筵をかけられた遺体が二体ならんでいる。

発見から五日目の大長公主の遺体、そして昨日発見された爹爹の遺体である。

気温が低く保たれていたためか、臭気はほとんどないに等しい。これが冬でなかったらたいへんなことで、五日もの長きを葬儀礼のいっさいをおこなうことなく預かることなどできなかっただろう。

「それでは延明さま、死体をまず解凍しておきたく思います」

桃花の指示で、遺体を大きな筵にて三重にくるむ。穴に大量の酢をふりかけて火を消し、それぞれ遺体を納めた。手順はきのうとほとんど変わらない。

さらにうえから白布で覆い、熱した酢をまぶし、穴の両辺から二尺ほどはなれた位置で火が焚かれる。ときおり桃花が関節を触るなどして解凍具合を確認した。

死体の解凍を待つあいだ、桃花に話しかけるべきかは非常に迷った。

――検屍術に精通した者による手引き……。

桃花が怒りを燃やしているのはこれだろう。

大長公主の死体状況を思い返せば、凍死であると判断させる様子があり、さらに疑ってしらべれば炭毒による中毒死であると判明するようになっている。

この二段構えの偽装は、凍死と炭毒による中毒死のふたつが非常に似通った死体所見をしめすことを理解していなければできないものだ。

金鈴と銀鈴には年の功があるが、では死体にくわしいかといったらそれは無かろう。

元来、死体とは忌避するもので、知識を蓄えているのはまさに検屍官くらいなものである。それを思えば、だれかよからぬ検屍官が手引き、あるいは入れ知恵をしたと考えるのが妥当だ。

検屍術とは無冤術、すなわち冤罪を雪ぐすべ。

このように掲げ、つねに誇りをもって死体に接してきた桃花にとって、検屍術を悪用した偽装殺人とは、もっとも許しがたいおこないであるはずだ。

――しかし、検屍術に精通した者とはいったいだれなのか。

掖廷の検屍官か。それとも外から持ちこまれた知識なのか……。

「そろそろよろしいかと」

かがんで筵のなかに手を入れていた桃花が、立ち上がる。

焚火が消され、炉の近くに敷いた筵のうえに二遺体がならべられた。

筵が取りはらわれると、やせ衰えた体にゆったりとした葬儀礼服を身にまとった大長公主、そして豊満に肉づいた全裸の豸豸があわらになる。

ほとんど寝ているのと変わらない大長公主とちがい、豸豸の遺体はくちびるが青黒く変色しているため、どこか異様にも見えた。

「ひぃ……死体が、うごいている！」

作業を手伝っていた奴僕が悲鳴をあげた。

なにをばかなとあきれて見れば、たしかに豸豸の身体がググ……とわずかな動きで起きあがろうとしているように見える。

「！」

さすがに動揺して桃花を見たが、平然としたもので、「よくありますのでお気になさらず」などと言う。奴僕らはすっかり怯えて及び腰だ。

「いや老猫、これはよくあるで片づけるにはやや衝撃的なのですが……」

「なぜか、という機序をお知りになりたいのでしょうか？　けれども説明が難しい現象なのです。かちかちに凍った新鮮な遺体を解凍すると、まま起きる現象ですわ。それに凍っておらずとも、死体はわりとよく動きます」

「そ、そうですか」

自然現象のようだが、あまりお目にかかりたくはない現象である。

「では延明(えんめい)さま、手伝っていただけますか。大長公主(だいちょうこうしゅ)さまのほうは御召し物をぬがせませんと」

桃花(とうか)とふたりで着衣を取りはらう。動かすと赤みを帯びた異液が鼻から漏れたが、わずかなものだ。低温で安置されていたためほとんど腐敗は見られず、べこりと痩(や)せてへこんだ下腹部のみが多少色を濃くしていた。

ただし、全体的に乾燥が進んでおり、衣服から露出していた皮膚が褐色じみてきている。

「延明さま、記録をお願いいたします」

「もちろんです」

桃花は大長公主の遺体のまえで、さきほど温めていた鍋に真綿(まわた)を浸す。

その手が小さく震えているのに気がついて、延明は目を瞠(みは)った。

とっさに筆を置き、その細い手にみずからの手を重ねる。桃花はぼう然とした顔で延明を見た。

「延明さま……」

「あなたはひとりではありません。ここに相棒がいるではないですか」

桃花はなにかを恐れているように見えた。「怖いのなら、ふたりでやればよいのです」

桃花はいくどかのまばたきのあと、弱ったように微笑んだ。

「……そうでしたわ。でも、これはわたくしの仕事です。延明さまはどうか、つぶさに記録をお願いいたします」

では、とくと見ていてくださいませ。そう告げる桃花の手は、もう震えていない。

小鍋の液体に浸した真綿を取りだし、軽くしぼったものを、そっと大長公主の頬にあてた。わずかな湯気とともに、ぷんと薬めいたような香ばしいかおりが鼻先に漂う。

「これは甘草汁で、中和薬ですわ」

かすかに滴るくらいの量を、真綿でゆっくりと肌に塗布している。

顔面に塗り終わると、徐々に体の下へと降りていった。

腹部まで塗り終えたところで、桃花は真綿を薄絹へと持ち替えた。大きくひろげて遺体にさしかける。

冬の陽ざしがわずかにさえぎられた遺体を見て、延明は息をのんだ。

「――これは……っ！」

大きな圧迫痕だ。

それも、胸部。

乾燥で褐色化してしまった顔面の色も濃くなっている。首には、小さな褐色の点がいくつかあらわれていた。

「老猫、これはどういうことでしょう」

「紅大戟(ベニタイゲキ)を用いた薬によって、これまで隠されていたものですわ」

「薬？」

「紅大戟と茜根(セイコン)、酢をあわせ、それを死体に塗布することで、圧痕や赤みなどを隠し、さらにはこれによって見えにくい傷痕(きずあと)を検出する方法を阻害することができます」

見えにくい傷痕を検出する方法は、これまで幾度か桃花(とうか)がおこなってきた検屍術だ。死王事件ではこれによって李美人(りびじん)に他殺の痕跡があらわれ、真犯人を突き止めるに至った。

まさかそれを阻害する方法が存在したとは。しかも圧痕や赤みを隠ぺいまですると
いう。

――驚きだが、これこそまさに検屍術に精通した何者かが関与している証(あかし)だ。

衝撃をうけつつ見守るさきで、桃花は仔細(しさい)に検屍を続行する。

「胸部圧迫痕、顔面紅潮、首のいっ血点。これはすなわち胸部圧迫による窒息死です」

「胸部圧迫で、窒息死……すみません、基礎的なことを尋ねますが、胸を圧迫すると窒息死するものなのですか？」

「はい。胸部を強く圧迫されることで心の臓の経絡(血液)のながれが滞り、また、肺も圧迫されることで呼吸が阻害されるのです。大長公主(だいちょうこうしゅ)さまはすでに大変お痩せになって、

介助が必要なほど筋力も衰えてらっしゃいましたから、胸を強く圧迫されれば呼吸はほとんどできなかったものと思われます」

「納得しました。では他殺ということでよいですか」

「……いえ。そう判じるのは早計ですわ。まだ、事故で亡くなり、事故を隠ぺいするために工作がなされた可能性も捨てきれません」

しかし、と反駁（はんばく）しかけてこらえた。

たしかにそうだ。死因は胸部圧迫による窒息死。殺されたとは限らない。

「では、豸豸（たいたい）は……」

「豸豸さんのあごには掻（か）き傷がありますし、くちびるや爪先の変色は窒息でもあらわれる所見です。ですので、首を中心に疑って塗布をいたします」

桃花は豸豸の遺体に対しても、同様の手順で薬湯を塗布してゆく。


それから現れたのは、頤（おとがい）の下部——あごと首の境い目をねらって圧迫した痕跡であった。こちらはあきらかなる他殺である。

よって、大長公主の真の死因の隠ぺい疑惑、そして朱夏（しゅか）殴殺にかかわり、その共犯である豸豸に罪をなすりつけて殺害した疑いにて、安処殿（あんしょでん）の老侍女・金鈴（きんれい）と銀鈴（ぎんれい）の捕縛命令が下されたのだった。

＊＊＊

「終わりましたよ」

隠されたくぐり戸をぬけて顔をあげるなり、穏やかな声が桃花を迎えた。

立ちあがるのがめんどうなので、四つん這いのまま席まで移動すると、あきれたため息をつかれてしまった。

「またひどく眠そうですね。現実がそれほどいやですか」

「……半々ですわ」

燭台の揺れる灯りに照らされた房。

ひとつの几をはさんで座り、几のうえには温かな湯気が立つ料理がならべられている。延明が火鉢で燗をつけていたので、作業をかわった。

今宵の料理は胡炮肉だ。細切り肉を詰めて蒸らし焼きにされた羊の胃袋が、でんっとど真ん中に鎮座している。延明が切りこみを入れると、ほろりと包みがやぶれて中の具材があらわれた。もわっとあがった湯気とともに、山椒や華撥などの香辛料が香る。匂いだけでよだれが出そうだった。

「あぁ、なんてとっておきな料理を」

「お好みのようでよかったです。寒いですから、温まるものをと思いまして」

延明が皿によそってくれる。桃花も燗を杯にそそいだ。

「事件の解決に」

そう言って延明が杯を掲げる。桃花も同様にしてから、くいっとあおった。

やや熱めの燗が胃をじわりと熱くする。

「今宵は――ちがうな。今宵も、検屍官・桃花さんに御礼を。外朝のほうも解決しそうです。いや、解決というよりは、むしろはじまりとなるのかもしれませんが」

「どちらにせよ、ようございました……」

外朝のほうとは、皇后許氏派の重臣があいついで亡くなっているといっていた件だろう。やはり、検屍の隠ぺい術が使われていたようだ。

「金鈴さま銀鈴さまは？」

なにかを問われるまえに問うと、延明はやや暗い表情を見せる。

「じつは、捕縛の際に周囲の女官らによる抵抗にあいまして、その間に服毒を図られてしまいました。指揮官は事前準備を万全におこないましたし、万が一の体調急変に備えて太医署の医官も伴っていましたので、至急救命措置がとられたのですが……」

それでも銀鈴は命を落とし、金鈴は救命こそできたものの、かなり衰弱している状態なのだという。

「そうでしたか……」

「とはいえ、大家の許可を得て聴取はさせていただきました」

大家の許可をわざわざ得たのは、やはり尊ばれるべき年齢であるからだろう。

「金鈴は、解放されたかったのだそうです」

「……？」

「われわれは、大長公主という貴人に侍女らが生涯をささげて仕えているなどと、そのような理想をつい抱きがちですが、現実はそうはいかなかったという話です。愚かなことで、われら宦官がもっともよく理解しているはずの渇望であるというのに、そこに思いも至りませんでした」

金鈴と銀鈴が後宮入りをしたのは、七歳のときだったという。姉妹のような名だが血縁はなく、この後宮入りに際して与えられた名だったという。

後宮入りの目的は、当時三歳であった公主の世話つきとなるためだった。天子の御子にお仕えするという名誉を浴びながら、ときに舞や詩などをともに学び、遊び相手ともなり、いずれ公主の輿入れを迎えれば、それに伴って高官の家に嫁ぐ手筈となっていたのだという。

ところが、珍嶺公主は疱瘡を患ってしまった。

公主が嫁がぬものを、侍女がさきに嫁ぐわけにもいかなかった。痘痕を見られることをいやがる公主は、すでに痘痕を知る人員にこだわり、留め置き、交代を禁じた。

年月が過ぎるほどに女官らの高齢化も進み、つぎつぎに人員は欠けて行った。補充として若い女官が入ることもあったがまれで、しかも高齢女官がお役御免になることはなかった。

近年では大長公主の身体もすっかり衰え、一日中の介助が必要であったのだという。世では五十で衰えて没する者も多いなか、六十九歳の侍女が六十五歳の介護を担っていたのだ。老々介護はさぞ困難だったことだろう。

「心の内ではずっとうらんでいたそうですよ。女として嫁げなかったこと、妻にも母にもなれなかったこと――」

言って、なにか問いたげに桃花の目を見る。

燗をちまちまやりつつ見つめ返すと、向こうから視線をそらした。

「いつまで後宮にいなくてはならないのかと、いったいいつお役御免になるのかと、ここ十年ほどはずっとずっとそればかりを望んで待っていたそうです」

しかし一向にその気配はなく、毎日毎日朝から晩まで介護の日々。排泄の介助がもっとも苦しかったのだと金鈴は語っていたという。

さらに、不寝番はつねに金鈴と銀鈴がおこなうと決まっている。人生において夜をゆっくり寝て明かしたことなどほとんどなく、夜中に幾度も鉦を鳴らして呼びつけられ、排尿や排便の介助をさせられる。衣服も手も、時には顔まで屎尿で汚れる始末。限界だった、と金鈴は涙を流したという。

「そんなおり、銀鈴とふたりでいるところに婢女が声をかけてきたのだそうです。ぜったいに露見しない殺しの方法を知りたくはないか、と」

「！」

かん、という硬質な音が響いた。

それが桃花自身が杯で几をうった音だと気がつくのに、数拍を要した。

「……すみません、つづけてくださいませ」

「だいじょうぶですか？　もし気分が悪いようでしたら」

「いえ、どうぞ。きかせていただきたいのです」

そうですか、とあまり納得はしていない顔ではあったが、延明はさきをつづけてくれた。

「金鈴いわく、見知らぬ婢女であったそうです。まあ、婢女はなるべく貴人の視界に入らぬように仕事をするものですし、大長公主の侍女であった金鈴が下賤な者の顔や名などを知ろうはずもありませんので、ここはあまりあてにはならないのですが。とにもかくにも、その婢女は偽装の方法をことこまやかに教授したそうです」

追い払っても追い払っても、心が弱っているときを見計らうようにして、婢女はあらわれたそうだ。

　そうして幾度も幾度も、疲れ切った金鈴と銀鈴に、大長公主の殺害方法を吹き込んだ。——これはけっして露見しない殺害方法。検屍官が考えた、検屍官をだますための偽装である、と。

「検屍官が考えた……検屍官をだますための……」

「ええ。金鈴と銀鈴もはじめこそ相手にしていなかったそうですが、徐々に耳を傾けるようになってしまったそうです。新年で六十九歳を迎えたことも背中を押した、そう金鈴は話しています」

　来年は七十。王杖（おうじょう）を下賜される年齢だ。

　王杖を下賜されれば、世では宝として丁重にあつかわれる立場である。あらゆる労働から解き放たれ、尊重される。

　それなのに、金鈴と銀鈴は大長公主が生きている限り、後宮で眠れぬ夜を過ごし、屎尿にまみれて排泄の介助をしなければならない。

　ぷつりと、こらえていたなにかが切れる音がした、そう金鈴は語ったという。

　そうしてついに、婢女の話に耳を貸してしまった。

　教授された殺害方法とは、やせ衰えた大長公主の胸のうえに銀鈴がのりかかり圧迫するという、胸部圧迫法だったという。この際、金鈴は綿掛け（わたが）で鼻腔（びこう）部をそっと閉塞（へいそく）

する役割も果たしたそうだ。　斴斴が炭を足したのちのことである。

それからまだ着火していない、あるいは火のつきがあまい炭を盥に張った水に軽く浸して濡らし、もどす。赤々と燃えたものは消壺で消して片づけた。つまり炭が湿っていたのは、朱夏のせいでも豸豸のせいでもなかったということだ。

しかも灰の量で露見しないように、控えの間にあった排便処理用の灰を火鉢に足すという工作まで指示されていたという。

それからさらに綿掛けを足もとに落とし、用意してあった鼠の死骸を幄のうえに置いた。仕上げは外気をよく取り入れて、死体を冷やすことだった。

こうすれば検屍官は凍死と見誤り、あるいは疑ったとしても鼠を発見することで炭毒による中毒死だと判断するだろうと婢女は説明したという。

「……実際、うまくいってしまいましたわ」

桃花はうつむき、杯をもてあそぶ。

慢心していたのだろう。まさか、後宮のなかで隠ぺい術を見る日がくるとは思わなかった。いや、目にすること自体は桃花とて初めてだ。

あれは、父が完全犯罪をおこなううえで必要だと言っていたすべだ。

死体にのこった痕跡を消し、隠し、あるいは故意につくる。それこそが完全犯罪に必要な技術であり、金のなる木であると豪語していた。

そうしていくつかの技術をしらべて冊書に書きしるしていたものを、桃花は祖父とともに盗み見た。祖父がその対処法を口伝で教えてくれたが、あくる日、祖父は帰らぬ人となってしまった。

「桃花さん？」

「いえ。それで延明さま、紅大戟の薬はいつ使用されてあったのでしょう？」

「酢に……。大長公主の検屍でも爹爹の検屍でも、検屍で使う酢に抽出液を混入したそうです。これは婢女が役割を担ったと。大長公主のときは、私たち掖廷官があわただしく検屍準備をしているさなかの工作だったということです。思い返せば、準備をしている際に金鈴たちが乱入してきたことがありました。あれは婢女を援護する意図があったのでしょう」

「さきに塗布しておかなかったのは、きっと寝具に付着して露見するのを防ぐためですわ」

検屍では奴僕や婢女など、肉体労働者の手を借りる作業が多い。油断していた。

そういえば大長公主の遺体では顔に赤みがあらわれていたが、あれは八兆が顔にかけた酢の量が少なかったためなのだろう。貴人の顔にどばどば流しかけるのを躊躇ったのかもしれないが、そのせいでしっかり窒息の様相があらわれていたのだ。

見逃してしまったことは痛恨の極みだ。

「つぎの朱夏殺しですが、こちらはやはり折檻だったそうです。炭が湿っていた件について、さっさと自分が悪かったと認めればよいものを、いつまでもそうしないばかりか、着火を確実にしなかった爹爹や、不完全燃焼で大量に出たはずの煙に気がつかなかった不寝番にこそ責があるのでは、などと言い返してきたのがきっかけであったそうで、膂力のある爹爹とともに物品庫に向かったと」

ただ、殺すつもりはなかったようである。

紅子が訪ねたとき、朱夏はすでに虫の息であったそうだ。

「爹爹さんを殺したのは、やはり口封じでしょうか」

「正直なところ、どこまで信じてよいのかはわかりませんが、婢女による助言であったそうですよ。朱夏殺しの相談をしたところ、短絡的な爹爹はいつなにをしゃべるかわからないから、いっそ罪をかぶってもらって始末したほうがいい、と言われたのだそうです」

言われただけでなく、こちらも具体的な指示が出されていた。

食後二時（四時間）ほど、胃のなかが空になるころあいに酒で酩酊させ、体の動きが鈍くなったところで銀鈴が体重を利用して乗りかかる。真綿をはさんだ手で頤と首のさかいを圧迫して窒息させること。死したのち、婢女が用意した罔草の薬をのどに流し込むこと、と。

豕豕は、金鈴が酒を贈り、「朱夏の件はどうかおたがい秘密にしたい。杯を交わそう」などと願ったところ、容易に深夜のひそやかな呼び出しに応じたそうだ。

「殺鼠団子がつつまれていたと目された竹皮と紐も、婢女が用意してきたものだそうです。婢女は現場にも立ち会っていたそうで、みずからも酒を飲み、殺鼠団子を咀嚼して死体のそばにて嘔吐、いかにも豕豕が吐いたように細工をしたのだそうです。しかも死体には顔の紅潮があらわれてしまったため、これをうつぶせにしたのも婢女であったということですよ。死斑で顔の紅潮をごまかしたのでしょう」

「ちなみに、銀鈴さまは朱夏さんの件にかかわっておりませんのに、なぜ豕豕さんの殺害に協力なさったのでしょう？」

「金鈴は、婢女が声をかけて巻きこんだのだと証言していますが、真偽のほどは定かではありません」

「なんてこと……」

顔を覆いたい気分だ。

「……それで、延明さま、その婢女はどのように？」

延明は重い息とともに「ゆくえ知れずとなっています」と答えた。

金鈴が動けず、手あたり次第の首実検もできず、もちろん名前も所属もわからない。

「わかっているのは女であるということだけです。ほんとうに婢女であるかすら、信じるべきではないでしょう。女でもないかもしれません」

「……」

「ほんとうに、いったい何者であるのか……。目的はおそらく大長公主を取り除くことだとは考えられるのですが、検屍の知識を持つ間諜など、いつから後宮にまぎれていたのか」

桃花はどうにも言葉が出てこず、もはや出てこない言葉をあきらめて、胡炮肉を口いっぱいにほおばることにした。

「ん、おいひ」

若い白羊の肉は柔らかくて臭みもない。臭みどころか噛むほどにうまみがにじみ出てくる。細葉のような糸切り状なのがまたよかった。ふんだんに混ぜられた白葱のシャキシャキ感と、ときおり交じる豆豉の塩味がいっそう感じられて、絶品だ。さいごに燗を流しこむと、思わず大きな吐息が漏れた。

「食べる元気はあるようで、安心しました」

その言葉に、目を丸くして延明を見る。

「もしかして、心配してくださっていたのでしょうか。袍のように」

「袍のようにとは？」

「心遣いがとてもうれしいという、そういう話ですわ」

検屍の最中、桃花は脳裏をよぎる父の面影に悩まされ、なかなか冷静ではいられなかった。父の知識を再現したかのような、検屍隠ぺい術――。

憎くて、怖くて、たまらなかった。

祖父口伝の甘草を使用した中和薬で、なにも出なかったらと思うとそれも怖かった。同時に、かくされた痕跡があらわになるのも怖かった。まるで父をまえにしているかのような、目もくらむほどの怒りと、恐ろしさ。

けれども震える桃花の手を延明はにぎってくれたのだ。

桃花はひとりではないのだと。自分という相棒がいるのだと。そう言ってはげましてくれた。そういう心遣いや思いやりが、とても温かくて心にしみる。

桃花が笑むと、延明もすこし切ない表情で微笑んだ。

「私の欠けた心にあなたが寄り添ってくれたように、僭越ながら私も、いつであっても桃花さんの心に寄り添いたいと願っています」

「わたくしに隠しごとをなさっていらっしゃいますのに？」

すこし意地悪をして言うと、困ったように眉を下げる。

「そこはお許しいただきたい。隠しごととは、私にのこされたわずかばかりの理性です」

「しかも先日はせっかく雪が降りましたのに、雪見酒にお出でにもなりませんでした」

軽くなじると、延明は視線をわずかに泳がせるようにして狼狽する。

「すみません、それは私のほうもいろいろ手一杯でしたので……」

「もう降らないかもしれません」

壺から蜜漬けの人銜をとりだして、皿に盛りながら言う。

延明はふとなにかに気がついたように顔をあげ、桃花をまじまじと見つめた。

「まさか、私を待っていてくださった？」

「はい。風情あるお酒を待っておりました」

皿は延明に、そして蜜をお湯割りにしたものを桃花は口にした。

延明は弱ったように笑む。

「それはもったいないことをしました」

「ほんとうにもったいないことですわ。——けれど、来年がございます」

来年、と延明が口の中でくり返す。

なにをおどろいた顔をしているのか。ふしぎに思いながら、はい来年です、と返した。

「梅が咲けば花見を。月が美しければ月見を。雪が降れば雪見酒を。来年も、再来年も待っております。話せぬ悩みや隠しごとがおありでしたら、いつか話してくださる日がくることも、ずっと」

外では冷たい風がうなりをあげて吹き荒れている。

炭がはぜ、戸板が鳴る。季節は厳冬だ。

けれどこうしたひと時だけは、とてもあたたかい。

あたたかく心地よい時間がずっとつづけばよいと、桃花は笑んだ。

「いつでも、待っておりますわ」

＊＊＊

官舎にある自室にたどり着くと、童子が起きて待っていた。

「延明さま、お水です」

「それほど酔ってはいませんよ」

酩酊していると勘違いされてしまうほど、上機嫌に歩いていたのだろうか。

延明は苦笑する。

——来年でも再来年でも待っているなど、口約束に過ぎないというのに。

しかしそれを理解していてもなお、うれしかった。それは事実だ。

いつか別れのときが訪れようとも、桃花が宦官の醜さに気づくときがこようとも。

いつか、だれかしらぬ男を選ぶときがこようとも、この言葉だけで、きっと自分の心は救われる。

「延明さま」

「もうよいから、さがりなさい。寒くて眠れませんか？」

大丈夫だと言い張ろうとする童子に綿袍を羽織らせ、さがらせる。

退室しながら、童子は「太子さまから書簡が届いています」とだけ言葉をのこしていった。

安座して脇息にもたれると、たしかに折敷のうえに巻子があるのが目に入る。

水を飲みながら楊を確認して、わずかに噎せた。河西の名士・董氏からだ。

どういうことかと訝りながら封を切る。

瞠目した。これは羊角氏に関する追加調査だ。

なぜ、と思う。頼んでもいない追加調査を、なぜおこなっているのか。

読み進めると、その理由が書かれてあった。

延明の祖父を冤罪に陥れた羊角莽だが、出身は河西であった。河西から京師に籍を移すことは容易でなく、また、往来には関所があり、移動することも許可がなければ難しい。そのため何者かの支援があったはずである、といった旨である。

どうやら董氏の出身地がかかわっていたことから、気になってしらべをつづけていたものらしい。

当時の河西は、故・趙中常侍とつながりが疑われる太守が治めており、移籍や関の通行許可を与えたのはこの太守であろうと目されること、その後、延明の祖父への冤罪に関わったことからして、羊角莽は趙中常侍との関わりがあったことは間違いないようである、とのことだ。

――まさか、このような形でつながっていたとは。

冊書を畳みかけて、ふと、まださきが数行のこっていることに気がついた。からからと音を立てて開き、最後にしるされた内容に延明は衝撃を受けた。

『羊角莽に対して発行された関の通過許可証は、親子二名分。莽は処刑されたが、連れていたと思われる子のゆくえは知れていない』

「親子二名……?」

この時点で莽の父である羊角慈は死んでいる。慈と莽の親子ではありえない。そして桃花もまた、すでに事故死したことになっていたはずだ。慈が死に、桃花が死に、妻と離縁したのち、羊角莽は京師にわたったはずである。

では連れていた子とは、いったいだれのことだ?

【主な参考文献】

『中国人の死体観察学「洗冤集録」の世界』宋 慈・西丸與一（監修）・徳田 隆（訳）／雄山閣出版
『宦官 側近政治の構造』三田村泰助／中公新書
『宦官 中国四千年を操った異形の集団』顧蓉・葛金芳・尾鷲卓彦（訳）／徳間書店
『検死ハンドブック』高津光洋／南山堂

本書は書き下ろしです。
この物語はフィクションであり、実在の地名・人物・団体等とは一切関係ありません。

後宮の検屍女官 6

小野はるか

令和6年 1月25日　初版発行

発行者●山下直久

発行●株式会社KADOKAWA
〒102-8177　東京都千代田区富士見2-13-3
電話　0570-002-301（ナビダイヤル）

角川文庫 23993

印刷所●株式会社暁印刷
製本所●本間製本株式会社

表紙画●和田三造

●お問い合わせ
https://www.kadokawa.co.jp/（「お問い合わせ」へお進みください）
※内容によっては、お答えできない場合があります。
※サポートは日本国内のみとさせていただきます。
※Japanese text only

ISBN 978-4-04-114297-4　C0193

◇◇◇